そらの誉れは旦那さま

野原　滋

幻冬舎ルチル文庫

CONTENTS ✦目次✦

そらの誉れは旦那さま

✦カバーデザイン＝chiaki-k（コガモデザイン）
✦ブックデザイン＝まるか工房

イラスト・サマミヤアカザ✦

そらの誉れは旦那さま

山から吹き下ろす風が、オオルリの声を運んできた。鮮やかな瑠璃色《るりいろ》の羽を持つ鳥は、その歌声も美しい。空気は澄んでいて、随分遠くにいるはずの囀《さえず》りが、城にいる空良《そら》のところにまで届いている。

梅雨《つゆ》に入る前の今の時期は、空良が一番好きな季節だ。

木々の緑は青々として、お日様に向かってぐんぐん伸びていく。新緑の香りが濃く漂い、息を吸えば身体中《からだじゅう》が青い匂《にお》いで満たされ、自分が山の一部になったような気がする。

春の芽吹きの淡い匂いも、夏の川の清々《すがすが》しさも、秋の色鮮やかな山の装いも、冬のキンとした空気も、どれもそれぞれに愛《いと》おしく、空良に幸せをもたらしてくれる。

その中でも今のこの季節が一番好きなのは、空良がこの地、隼瀬浦《はやせうら》に初めてやってきたのが、この時期だったからだ。

ヤマツツジの花に慰められ、山の小川に心洗われた。豊かで逞《たくま》しく、そして美しい隼瀬浦の自然に迎え入れられ、空良は生まれ変わった。

双子の姉の身代わりとして、身分を偽りここに来た。殺されるのも覚悟で輿《こし》入れした空良を、隼瀬浦の領主の息子、三雲高虎《みくもたかとら》が匿《かくま》い、本当の嫁としてくれたのだ。あの頃名もなかった自分に「空良」という名を与えてくれ、正式な妻として迎え入れてくれ、この春には、祝言も挙げてくれた。男の身でありながら、隼瀬浦の国内だけでなく、外に対しても堂々と空良を妻として紹介してくれたのだ。

母殺しの忌《い》み子と蔑《さげす》まれていた自分に、これほどの幸運が訪れようとは思いもよらなかった。今でも時々、これは夢なのではないかと茫然《ぼうぜん》となるときがある。あまりに今の暮らしが幸せすぎて、いつか夢が覚めてしまうのではないかと不安になるのだ。

だけどそのたびに、これは夢ではないと、空良の夫となった人が教えてくれる。彼ばかりではなく、夫の忠臣も、可愛《かわい》らしい義弟も、おおらかな義父も、空良が不安に駆られるたびにこの手を取ってくれるのだ。この幸せは真実だ。さあ、もっと幸せになっていいんだよと、空良の手を引き、笑顔を向けてくれる。

この地にやってきてから丸三年が経《た》った。空良は今年十九になる。六つ年上の夫は二十五となっていた。

今日も隼瀬浦の空は穏やかに晴れていた。オオルリの歌声が響き、何事もない平穏な一日が過ぎていくはずだったのだが……。

「そのような申し入れは断じて聞くわけにはいかん！」

遠くから聞こえてくる鳥の声をかき消して、高虎が大きな声を上げた。

太くスッキリとした眉《まゆ》を吊り上げ、恐ろしい形相《ぎょうそう》を作り、直属の家臣である魁傑《かいけつ》を睨《にら》みつけている。いつもは涼やかな目元が怒りのためか、赤みを帯びていた。張りのある声は周りを圧倒する迫力を持ち、そうでなくても大柄な身体が二倍にも膨れ上がっているように見える。

空良に対しては、いつも穏やかな姿しか見せない高虎だが、今はそういった余裕がないほどに激昂《げっこう》していた。

戦《いくさ》に出れば「鬼神」と呼ばれる高虎だ。普通の人であればこの怒声一つで縮み上がってしまうだろうが、長年高虎に仕えている魁傑は、そんな高虎の怒気にも動じず泰然と座している。

「高虎殿、怒鳴り散らしても、事は収まりませぬ。ここは慎重に吟味すべき事案かと」

「吟味など必要ない。却下だ。却下！」

魁傑の言葉が終わらないうちに高虎がそう言って、ドスンと音を立てて座り直した。腕組みをしながらそっぽを向く横顔は頑《かたく》なだ。

「しかしながら、大殿がこのような申し入れをされるということは、由々しき事態となっているのでしょう。まずは落ち着いて詮議いたしましょう」

「俺は落ち着いている。詮議するまでもないことじゃ。援軍の要請は喜んで受ける。これで話は終わりだ。魁傑、すぐに出立の準備を整えよ」

怒気を含んだままの声で、高虎が魁傑に命ずるが、魁傑が動かない。

「何をしている。早《はよ》う準備に入れ」

「しかし高虎様、このままでは大殿の要請を半分しか果たさないことになりまする」

魁傑の横から声を上げるのは、阪木《さかき》だ。高虎の父である三雲時貞《ときさだ》の家臣の一人で、城主に仕えながら、時貞の嫡男で今年十三歳となる、次郎丸《じろうまる》の世話人の役割も果たしていた。次郎丸のことはもちろん、側室の子である高虎の年少時代も知っており、三雲のことには誰よりも詳しい。

空良がここに輿入れをした折、男であることをすばやく見破り、三雲を馬鹿にされたと激昂し、その場で空良の髪を切り落とした人物でもある。忠義に厚く、次郎丸を厳しい目で育て、時には高虎にも、親に代わり辛辣《しんらつ》な意見を述べてくれる有り難い存在だ。そんな阪木は、空良に対しては初めのうちこそきつい態度を取っていたが、空良の人となりを知るにつけ、優しく接してくれるようになった。高虎の妻になることにも寛容な様子を見せ、時貞と空良が打ち解けるように尽力してくれた。

「これに記してあるのには、援軍の要請の他にもう一つ……」

「ならんっ！」

阪木の声を再び高虎が大声で遮る。阪木が差し出した書状を払いのけ、見るのも嫌だというふうに顔を背ける。

「兄上、阪木や魁傑に当たり散らしたところで、書状の文字は消えません。本当、落ち着いて話し合いを進めましょう」

阪木の横から次郎丸が取りなし顔を覗《のぞ》かせた。

「兄上がそのようでは、話が一向に進みませぬ」

戦地から書状が届き、そのために城に集まっているのだが、内容を読むやいなや高虎が激昂し、まったく話にならないのだ。

去年の秋、もうすぐ初雪が降ろうかという頃、これまでに類を見ないほどの大戦が行われた。古くから力を持つ大国の連合軍と、隼瀬浦を含む新興国の連合軍との戦いで、新興国軍が大勝利を収めたものだ。

空良はそのときに、同盟を結んでいる滝川《たきがわ》家の権謀術策に巻き込まれ、危うい目にも遭《あ》ったのだが、空良の機転により事なきを得、結果的には滝川家に潜む怨嗟《えんさ》の膿《うみ》を取り除くことに成功した。あの事件を機に、三雲家と滝川家はますます深い信頼関係で結ばれることになったのだった。滝川家からの預かりとして隼瀬浦に滞在している孝之助《こうのすけ》は、次郎丸と気の置けない友人となっている。

今では三雲を含む新興国軍は大国を凌《しの》ぐ一大勢力となり、しばらくは平和な日々が続いていたのだが、大敗した大国側には未《いま》だ大小の属国が列居しており、ここ最近ではそれらの国との小競《こぜ》り合いが勃発している。

高虎の父時貞は、そのうちの一国を攻略するために、半月前から隼瀬浦よりも南にある吉《よし》田《だ》という地に陣を張っているのだ。そこには三雲と滝川の軍の他に、二国が参加していると聞く。

高虎は去年の大戦での功績を労《ねぎら》われ、父の名代として今は三雲城を守っている。三雲の若武将として高虎の名は全国に知れ渡っているが、父時貞の軍もそれに勝るとも劣らない強さを持っていた。

敵は先に敗した大国に属する国で、未だ抵抗を続けているようだ。半月経った今でも攻略の糸口が見つからず、膠着《こうちゃく》状態が続いていた。すぐにも決着がつくかと思われていた戦が難航し、そのために高虎に援軍を要請する書状が届いたのだ。

「我らの軍が加われば、十日と経たずに戦を終わらせることができるだろう。だから早う準備をせいと言うておる」

苛立《いらだ》たしい声で高虎が言う。

「それほど事が簡単に運ぶのであれば、大殿の軍だけで十分でござったでしょう」

今すぐにでも出陣しそうな勢いの高虎を、魁傑が冷静な声で諫《いさ》めた。

「一国に対して、四国も連合して挑んでいるのです。それでも上手《うま》くいかぬゆえ、こうして書状が届いているのですぞ。力押しで勝てる相手ではないと、大殿が申されているのです」

時貞たち連合軍は大軍を率いて攻め込み、敵側は籠城を決め込んでいるという。敵が籠《こ》る松木城《まつきじょう》は、背後に険しい山脈を控え、その他の三方が湿地で囲まれていた。大軍で攻め込もうにも足場が悪く、ヨロヨロと近づけば石や弓矢があられのように降り注ぎ、撤退を繰り返しているのだという。

「松木城は今までも幾度も攻め込まれ、そのたびに撃退し、生き延びた古城でござる。籠城戦に自信があるのでしょう。そういうところは正攻法では落ちませぬ」

地の利を活《い》かした城の造りは、ここ三雲城も同じだ。険しい山の中腹に位置する城は、攻め込もうとする敵の道を塞《ふさ》いでくれる。山の豊かな自然は、兵の喉《のど》を潤し、食料にも事欠かない。三雲の軍は兵も強者揃《つわものぞろ》いだが、堅牢な城があるからこそ、安心して戦に備えられるのだ。

今時貞たちが攻め落とそうとしている松木城も、条件は違っても三雲のように籠城に適した城なのだろう。ただ単に援軍として向かうだけでは難しいゆえに、時貞は高虎に文を寄越したのだ。

「書状には、梅雨が来る前に、是非《ぜひ》とも終わらせたいと書いてあります。このまま梅雨に突入すれば、城の周りが広大な堀となり、攻める手がなくなってしまうと。だから……」

魁傑の言葉を引き取って、その先を続けようとする次郎丸を、高虎が睨み下ろした。

「……だから、空良を寄越せと言うておるのか」

ギラギラとした強い眼差《まなざ》しを向けられた次郎丸が俯《うつむ》いた。普段なら目に入れても痛くないほどの可愛がりようを見せる高虎が、弟に対して初めて憤りの表情を浮かばせているのだ。

時貞から届けられた書状の内容は、援軍と共に空良も連れてこいという要請だった。地の利に守られた籠城戦では、その地に根を下ろす敵側が断然有利だ。

それゆえに、自然の理《ことわり》を読むことのできる空良の力を借りたいと、時貞が言ってきたのだ。空良なら梅雨に入る正確な時期も予見できる。

「戦地に空良を連れて行くなど言語道断。聞き入れられる話ではない」

腕組みをしたまま高虎が時貞の要請を切って捨てた。こうと決めたらテコでも動かない高虎に、周りも何も言えずにいる。誰の話も聞かずに一人で結論を出す高虎に、空良はおずおずと声を掛けた。

「旦那《だんな》さま、どうかお怒りをお収めくださいさい。皆さまが困っておいでです。これでは話が纏《まと》まらないではないですか」

「話は纏まっただろう？　援軍の要請は受ける。空良は連れて行かない。それだけじゃ」

怒りを押し殺すように、高虎が空良に向けて柔和な笑みを努めて作ろうとする。

「おまえを戦場に連れて行くなど、できるはずがないではないか」

宥《なだ》めるような声で、高虎が空良に向けて言った。

「空良は行きとうございます」

優しく細められた高虎の目が、カッと見開かれる。

「ならぬっ」

「旦那さま」

「駄目だと言ったら駄目だ！　空良、聞き分けろ」

鬼のような怒気が立ち上がり、高虎が空良の声を制する。次郎丸同様、このような姿を空良に対して見せるのも初めてだった。

「高虎殿、どうかお気を鎮めくだされ。空良殿が怯《おび》えられる」

魁傑が庇《かば》うように空良の前に膝《ひざ》を進めた。先ほど同じような怒気を向けられた次郎丸も、魁傑の背中にくっついている。高虎のあまりの怒りように、いつもの明朗な軽口さえ利《き》けなくなっているようだ。

「旦那さま、空良は戦に行きとうございます」

「空良！」

地が割れるような大声を高虎が上げる。

祝言の報告をするために、空良の父親に会ったときには、今までの空良に対する惨《むご》い仕打ちに憤った高虎は、殺気だけで父を吹き飛ばした。普段は優しい夫の恐ろしい一面を、あのとき垣間見た。

激昂した高虎がどれほど恐ろしい有様になるのかを知っている魁傑がすかさず庇ってくれたのだが、空良はその魁傑を押しのけて、再び高虎の前に出た。

「お館《やかた》さまが空良の力を借りたいとおっしゃるなら、是非お役に立ちとうございます」

隼瀬浦よりも南に位置する吉田では、恐らく梅雨に入るまでにはあと一月半もないだろう。それだって実際に行ってみなければ、確かなことも分からない。空良の憶測よりも早い時期にやってくるかもしれないのだ。

書状には、もし決着がつかないまま梅雨に突入するようであれば、兵を一旦引き、夏以降に再び挑むことになると書かれている。四国もの軍を動かした労力がすべて無になってしまうのだ。それに、時間を置けば先に敗北した大国側も息を吹き返し、松木城に援軍を送ってくる可能性がある。そうなれば、再び大きな戦に発展してしまいかねず、むしろ敵はそれを狙《ねら》っているのかもしれない。

「どうか、旦那さま」

空良の懇願に、高虎がムッとして押し黙る。

「一旦兵を引けば、敵側が活気づきます。かの三雲軍を撃退したと吹聴されれば、今後の勢力争いにも影響を及ぼすかと」

床に投げ捨てられた書状を拾い上げ、阪木が重々しい声を出した。

「せっかくこれまで上手く進んでいた新興国側の攻略に水を差すことになりましょう。些細《ささい》な躓《つまず》きでも、後に大きな問題に発展しかねません。大殿はそれを懸念されているのです」

阪木の声に、高虎の眉が寄った。高虎も時貞の思惑が理解できないはずはないのだ。しかし空良を連れて行くことには、どうしても賛成できないらしい。

「大殿も、空良様に前線に立てとは申しておりませぬ。空良様の才が欲しいのです」

「しかし……、戦場は戦場じゃ。何があるか分からない。俺は反対だ」

頑なな声を出す高虎の前で、阪木が書状に目を落としている。

「向こうでも戦略について意見が分かれている様子。撤退か力押しか。なにしろ時が差し迫っておりますゆえ、此度《こたび》の要請は苦渋の決断と見受けられまする。大殿にしても、空良殿を戦場に呼ぶなど、できれば避けたいはず。それを押して尚《なお》、こうして書状を送ってきたのでしょう」

「旦那さま、空良は行きとうございます。戦場に直接赴き、その土地の風土を知れば、戦に有利な情報を得ることもできるかもしれません」

空良の必死の訴えに、高虎が顔を顰《しか》める。

先日、滝川家の家臣、弥市《やいち》に拉致された空良は、そのときの経験を機に剣術の稽古《けいこ》を始めていた。魁傑を師匠とし、日々鍛錬に励んではいるが、実戦に赴くにはまるで力不足だ。そんな空良を心配する高虎の気持ちも痛いほど分かる。

だけど剣の腕は役に立たなくても、自分の才が助けになるのなら、空良は是非協力したいと思う。

ここに来るまで、人に必要とされたことなどなかった空良だ。親子の縁を切られ、名すら与えられずに、今日の命を明日に繋《つな》げることだけを考える暮らしだった。

そんな空良が高虎と出逢《であ》い、隼瀬浦に迎え入れられ、夢のような幸福を与えられた。その恩をお返しするためにも、どうしても時貞の願いに応えたい。隼瀬浦の人々に対する感謝の気持ちはどれだけの言葉を尽くしても足りない。その気持ちを自分の力で、己の身を以《もっ》て伝えることができるのだ。これほど嬉《うれ》しいことはない。

「旦那さま」

「空良よ、おまえの願いはなんでも叶《かな》えてやりたいと思うておるが、これぱかりは聞くわけにはいかないのだ」

「旦那さま、お願いします。どうか空良を旦那さまとご一緒させてくださいませ」

「空良……」

床に額《ひたい》を擦《こす》りつけ、誠心誠意懇願する空良に向け、高虎が戸惑った声を上げた。

「雨がいつ降るのか、どれだけの量が降り注ぐのか、空良には分かります。これはわたしにしかできないことでございます。希有《けう》な才だと、旦那さまも言ってくれたではありませんか」

故郷では恐れられたこの能力を認め、取り立ててくれたのは、目の前にいる夫だ。それが空良にどれほどの自信を与えてくれたか、人の役に立つことがどれほどの喜びをもたらしてくれたか、高虎が一番理解しているはずだ。

「きっとお役に立ってみせますから。どうか、どうか、空良を連れて行ってくださいませ」

役に立ちたい。必要とされる気持ちに応えたい。

「決して足手纏いにはなりませんから。旦那さま、空良を戦場へ連れて行ってくださいませ」

その日の夜、三雲城をあとにした二人は、慣れ親しんだ夫婦の屋敷へと戻っていた。

さっきまで追い掛けるように聞こえていたオオルリの歌声も聞こえない。空良たちと同様、自分の住処《すみか》に戻っていったらしい。お日様で温められた空気が、夜の山風で冷えていく。

夕餉《ゆうげ》の支度が調《ととの》い、空良は高虎と一緒に離れの部屋で寛《くつろ》いでいた。夫の口数が少ないのは、城での出来事をまだ引き摺《ず》っているからだろう。

詮議の結果、時貞の要請に応え、援軍として敵陣に赴く高虎に、空良も伴うことになったのだ。

高虎が決断を下したとき、魁傑や阪木、次郎丸もホッとした面持《おもも》ちを作ると同時に、不安げな表情も浮かべていた。時貞の要請に応えることができたのは僥倖《ぎょうこう》で、最善の答えとなったはずなのに、敵地へ赴く空良のことがやはり心配らしい。

決断を下したあとも憮然《ぶぜん》とした表情を崩さない高虎を差し置き、阪木は空良に戦場での心構えなどを、しつこいほどに教えてくれた。「決して無茶はしませんように」と、高虎よりも厳しい声で空良に言い聞かせるのだった。援軍にはもちろん魁傑も付いていく。詮議が終わったあとには、高虎に命じられる前に立ち上がり、出立の準備をするため外へと消えていった。

「俺の嫁様の頑固さには困ったものだ」

城でのやり取りを持ち出して、高虎が溜《た》め息《いき》を吐《つ》いている。空良の頑強な訴えに高虎が折れた形になってしまったことに、未だに納得していない様子だ。

「我《わ》が儘《まま》で言っているわけではないのです」

「分かっておる。分かっているから尚始末が悪い」

空良を心配する高虎の気持ちが分かるように、高虎もまた空良の心情を理解しているのだ。

「空良は嬉しいのですよ。旦那さまや皆さまのお役に立てるかもしれないことが。頑張りますね」

張り切った笑顔を向ける空良に、高虎が困った顔を作った。

「空良。……今の境遇に、そなたが恩を感じることなどないのだぞ」

空良の肩を引き寄せ、こめかみに唇を押しつける。

「いつも言っているだろう。俺がそなたを欲し、嫁にもらったのだ。空良には今のまま、ずっと幸福に過ごしてほしい。血なまぐさい戦場などに連れて行きたくはないのだ」

欲を出せ、もっと甘えろと常日頃空良に言い聞かせている高虎だ。妻の言うことならなんでも叶えてやりたいと豪語している夫に、空良が初めて強硬に申し出た願いが、夫と共に出陣することだったのだ。

「俺としては、もっと甘い願い事がよかったのだが」

「いつでも一緒にいたいという願いを叶えてくださいました」

広い胸に凭《もた》れ、夫の顔を仰ぎ見た。こめかみにあった唇が下へと滑り、空良の口を塞いでくる。

「ん……」

城では鬼の形相で空良を怒鳴りつけた高虎は、今は普段と変わりのない、甘く優しい表情を浮かべている。

「あまり心配なさらないでください。空良は旦那さまが思っているよりも、ずっと強《したた》かなのですから」

嫁といっても空良は成人の男子だ。ここに来た当初は、栄養が足らずに枯れ枝のようだった身体にしっかりと肉が付き、日々の鍛錬のお蔭《かげ》でいっそう丈夫になった。肉が付いたといっても、高虎に比べれば、大人と子どもほども体格が違うが、芯《しん》は頑強な質《たち》なのだ。そうでなければ故郷の伊久琵《いくび》での暮らしに耐えられなかっただろう。

一人で生きていくしかなかったあの頃の自分は、雨風さえ凌げれば、何処《どこ》でも寝られたし、食べられるものはなんでも口に運んだ。あちらでの過酷な生活が空良の感覚を鋭敏にした。思い出せば胸が痛くなることもあるが、故郷での経験が隼瀬浦での生活の役に立っているのだ。

自然を友にし、災害を未然に察知する術《すべ》を学んだ。風の声を聞き、水の匂いを感じることもできる。この才で隼瀬浦の灌漑《かんがい》事業の手助けができ、今回は戦場に呼ばれた。

きっと、きっと、お役に立ちたい。

新しい目的に目を輝かせ、決意を新たにしている空良の顔を眺め、高虎が「心配だ」と呟《つぶや》いた。

「そなたはいざとなったときには、誰の考えにも及ばないような大胆な行動を起こすからな」

これまでのことを振り返った高虎がそう言って笑い、「決して無茶をするなよ」と、阪木と同じ言葉を口にする。

「怪我《けが》はしません。無謀なこともいたしません」

空良が怪我を負えば、高虎が嘆く。ほんの僅《わず》かなかすり傷でもこの世の終わりのように大騒ぎをするのだから。

刀を交えるような戦いでは、自分がまったく戦力にならないことは重々承知だ。空良の役割は別にあり、それを全うするために十分用心をしようとも思っている。

「俺が懸念しているのは、そういうことではないのだ」

憂い顔を崩さない高虎がそう言って、空良を再び引き寄せた。

「そなたは優しすぎる。その優しさゆえに、傷つくこともあるだろう。それが心配なのだ。戦場は、人間の本性が剝《む》き出しになるところだ。ここにおれば見ないで済むものを、そなたは見ることになる」

できればそういったものとは無縁の暮らしを送らせたいのだと、高虎が優しい声を出す。

自分の胸に凭れた細い身体を、愛おしそうに掌《てのひら》で撫《な》で擦《さす》る。

「そなたは誰よりも優しく、人の感情の機微にも聡《さと》い。他の者にはどうということもないものにまで敏感に反応し、考えを巡らせる。それはそなたの良さでもあり、美徳ではあるが、戦の上ではとても危うい」

空良が敵地へ赴くことを強硬に反対した一番の理由はそのことだったのだと、高虎が未だに憂い顔で空良を見つめる。殺伐とした戦場に連れて行き、身体だけではなく、空良の心が傷つくことを、優しい夫は懸念していたのだろう。

「敵は向こう側だけではない。思惑は国、人、それぞれだからな」

連合軍といっても、まったく同じ志を持って集まっているわけではない。時には思わぬ場所から敵意を向けられることもあるだろう。高虎はそういった事態に空良が晒《さら》されることを恐れ、案じているのだ。

「そなたをそのような目に遭わせたくない。ああ、やはり連れて行きたくないな。前言を撤回して置いていこうか」

「嫌です。連れて行ってください」

空良の言葉に高虎の眉が下がる。一旦は空良を連れて行くと決めたものの、その決心が早くも揺らいでいるようだ。

「旦那さまは空良を買いかぶりすぎですよ。わたしはそれほど優しい人間ではありません」

「おまえが優しくないとするなら、世の中に優しい人など一人もいなくなってしまうぞ」

真剣な顔でそんなことを言いながら、空良をきつく抱き締めたまま揺さぶってくるので、思わず笑ってしまった。

「旦那さまのご心配は嬉しいですが、傷つくことなどありません。たとえ傷ついたとしても、それでもいいのです」

どのような傷を負おうと高虎のためなら厭《いと》わないのだ。むしろ名誉の負傷とさえ思う。

「強くなりますから、置いていくなどと言わないでください。空良は旦那さまと敵地へ行けることが、本当に嬉しいのですから。置いていかれたら、とても悲しゅうございます。泣きますよ？」

「泣くか」

「はい。幼子のように大声で泣きます」

高虎がはは、と笑い、「泣かせるのは忍びないな」と言った。そして身体を起こすと、幾分厳しい眼差しで、空良を見下ろす。

「覚悟をするのだぞ」

「はい」

稚《いとけな》い憂い顔が優しく解け、いつもの凛々《りり》しい表情が浮かび上がった。

「どのようなことが起ころうとも、そなたのことは俺が守る」

「はい。空良も旦那さまをお守りします」

力強い空良の言葉に、高虎が朗らかに笑った。

「そうか。空良が俺を守ってくれるのか」

剣を使うのではなく、自分のできる精一杯で高虎や時貞、そして隼瀬浦の人々を守りたい。

「はい。空良の大切なお方ですから。ずっとお側《そば》にいたい」

弥市に拉致されたとき、三雲家のために身を引こうと決意した気持ちが一瞬で霧散した。二度と会えないのかと思ったときの恐怖は、今でも忘れられない。

「……もうひとときも、離れたくないのです」

「空良」

破顔する高虎に、憂いは消えたかと安堵《あんど》したのもつかの間、「だがしかし、問題はまだある」と、別の懸念材料を持ち出してきた。

「一番の憂いは、おまえを伴い敵地に赴いても、今のように易々《やすやす》と触れ合う機会が持てないだろうことだ」

「それは……」

「向こうに行けば、いついかなるときも、周りに人がいる。まことに困った」

「仕方がないのでは。戦なのですから」

「しかし、始終側にいるのに、このように抱き寄せることもままならないのだぞ？　そなたも困るだろうが」

「いえ別に……っ、ふ」

困らないと言おうとした口を塞がれた。不意の行動に目を見開く空良を見て、唇を重ねたままの高虎が笑っている。

「旦那さま、お戯れを……、ん」

真剣な話をしていたのではないかと抗議したくても、させてもらえない。

「側にいるのに寂しい思いをせねばならぬのか。……地獄だな」

そう言って口端を上げた高虎が強く吸い付き、そのまま空良の口内へ舌先を忍ばせる。

「向こうで不満が募り、周りに当たり散らしてしまうかもしれない。特に魁傑に」

「それは可哀想《かわいそう》……んぅ」

「可哀想なのは俺のほうだろう？　どうか慰めてくれ」

「もう、旦那さ……、ぁ、ふ」

空良が口を利こうとするたびに言葉を封じ、強引に唇を奪ってくる。袖口《そでぐち》から指が入り込み、肘《ひじ》から二の腕、脇《わき》へと伸びてきた。夕餉もまだ途中だというのに、夫が閨《ねや》の空気を醸しだすので、空良は慌てた。

「旦那さま、まだ夕餉の途中でございます」

「それがどうした」

「だって、……ゃ」

「おまえが散々可愛らしいことを言って、俺を煽《あお》るからだ」

「え、わたしが何を……、ゃ……ん」

襟元を引っ張り、高虎が首筋に吸い付いた。袖口にあった腕が、今度は足元を割り、掌を這《は》わせてくる。さわさわと太腿《ふともも》の上を撫でられ、閉じようとするのを阻止された。

「旦那さま……もうそこまでで堪忍してください」

「嫌だ」

灯《あか》りが煌々《こうこう》と点《とも》る中、御膳の前に押し倒されてしまう。

「空良。……まったくそなたは可愛らしいのう」

戦の話をしていたのに、突然切り替わってしまった夫の行動に、空良はわけが分からず目を白黒させるしかない。可愛らしいことなど言った覚えもないのに、何かが高虎の欲念を刺激してしまったようだ。

「本当にういやつじゃ」

ちゅ、ちゅ、と啄《ついば》むように唇を重ね、離れるたびに高虎が空良の目を覗く。綻《ほころ》んだ表情はとても嬉しそうで、何が夫を喜ばせたのか未だに分からないまま、再び下りてきた唇を、空良のほうから迎えにいった。

出立の日を迎えたのは、時貞からの書状が届いてから僅か三日後のことだった。

兜《かぶと》を被《かぶ》り、大鎧《おおよろい》を纏った高虎が、高らかに声を上げる。援軍として集められた兵たちが、

若き大将に応え、こちらも勇ましい声を上げていた。

高虎の隣には魁傑が控えている。高虎同様、甲冑《かっちゅう》姿の魁傑の顔は、いつもにも増して猛々しい。

普段であれば、戦に出掛ける高虎たちを見送る立場の空良だが、今日は魁傑と共に大将の側に控えていた。胴丸に烏帽子《えぼし》を着けた武者姿は、自分でも借り物のようでまだしっくりとはこない。

だけど皆に倣《なら》い、出陣の声を上げている内に、腹の底から熱い何かが込み上げてきた。これから自分は、戦場へと旅立つのだ。

留守役を預かるのは、次郎丸と阪木、それから城に仕える面々だった。

「良き知らせをお待ちしております」

次郎丸が恭しく頭《こうべ》を垂れ、城の者がそれに続く。

頭を上げた次郎丸の顔は、空良たちの無事を祈りながら、歯痒《はがゆ》い思いも浮かばせていた。

「空良殿、なかなか勇ましいぞ」

出陣の装いをしている空良を羨《うらや》ましそうに眺め、次郎丸が言った。

「我も元服が済んでおれば、空良殿と一緒に出立できたものを」

いつもは空良と並んで高虎や魁傑を見送っているのに、自分一人が残されることに不満を持っているのだ。

「なに、時が来れば嫌だと駄々を捏《こ》ねられて柱にしがみついても、連れて参りまする。このたびは大人しく、我々の帰りを待っていてくだされ」

「我が駄々を捏ねるわけがないではないか。乞われれば今すぐにでも出陣できるぞ！　柱にしがみつくなど、そんなことをするはずがない」

魁傑の言葉に、次郎丸が早速食って掛かっている。

「柱にしがみつくのは、次郎丸様の得意技ではございませんか。阪木殿に胴を抱えられ、引っ張られるお姿を頻繁に見ておりますぞ」

「あれは別のときの話じゃ。阪木が修練じゃ、薬の時間じゃとうるさく追い回すから抵抗しただけであろうが。それに、いつの頃の話をしているのじゃ！　最近ではそのようなことをした覚えはない。大昔の話だ」

「大昔。はて、つい二、三年前まではよく見た光景のような気がして」

「三年前なら大昔じゃろうがっ！　いつまでもそんなことを覚えているでない。うるさいから早う行ってしまえ」

「言われずとも」

出立の日を迎えても、相変わらず御伽衆《おとぎしゅう》を繰り広げる二人だ。

いつもの光景に和んでいると、出立の準備が整ったと兵が馬を引いてきた。空良の元にも愛馬谷風《たにかぜ》が届けられ、それに跨《また》がる。次郎丸との儀式を終えた魁傑も馬に乗った。

「菊七《きくしち》、ご苦労だった。このたびはいろいろと苦労を掛けるな。よろしく頼むぞ」

馬に跨がった魁傑が、馬回り番に声を掛けている。

山賊上がりの魁傑は、高虎の下に就いてからも、昔の仲間と通じている。全国に散らばった魁傑の仲間たちは、今では優秀な間者として三雲に情報を届けてくれるのだ。

今回魁傑の馬回り番として戦に同行する菊七という若者も、魁傑の昔の仲間だったと聞く。年は空良よりも二つほど年上なのだそうだ。普段は旅役者として一座に加わり地方を回り、こちらも間者の役割を果たしてくれていた。これから向かう松木城にも、以前陣中見舞いで呼ばれたことがあり、そのときの経験を買われ、今回の戦に同行することになったのだ。

役者をしているというだけあって、菊七は姿形の美しい男だった。手足は長く、肌もおしろいを塗ったように白い。長い髪を無造作に後ろで結んでいて、くっきりとした目鼻立ちをしている。大きな目が特徴的だ。

敵の領地である吉田に出向くにあたり、最短の行軍の算段をつけてくれたのも彼だった。道中での滞在先の手配も任されている。

魁傑に挨拶《あいさつ》された菊七が顔を上げた。大きな目元の直《す》ぐ下に、ほくろがあった。ふっくらとした唇から白い歯が零《こぼ》れ見える。「どうってことない」と答える声はぶっきらぼうだが、たぶん照れ隠しなのだろう。

「おまえが菊七か。お主のお蔭で出立の準備がこれほど早くに整った。礼を言うぞ」

魁傑の声を聞いた高虎も、菊七に労いの言葉を掛けた。

「魁傑は良き仲間を持っている。お主の話も聞いているぞ。随分と信頼されているようだな。これからも隼瀬浦のために働いてくれ」

魁傑の仲間たちがもたらす情報は的確で、行商人や、僧侶、菊七のように旅役者として全国を回り、ときにはこちらからも情報を流し、敵を攪乱《かくらん》する助けもしてくれる。彼らのお蔭で戦を優位に運ぶことができ、おおいに役に立ってくれるのだ。

高虎は魁傑を通して彼らを使い、報奨金を与えている。魁傑の口利きで、三雲の雑兵として働いている者もいた。

「どうだ、菊七。此度は臨時での雇用だが、これを機に俺の下に就かないか」

高虎の声掛けに、菊七はチラリと見上げ、何も言わずにその場を離れてしまった。引き留める間もなく去っていかれ、呆気《あっけ》に取られる高虎に、魁傑が謝っている。

「申し訳ございませぬ。少々難しい性質をしておりまして、慣れるまでは誰にでもあのような調子なのです。あとで言って聞かせますから」

仲間の無礼に魁傑が平謝りしている。今にも馬から飛び降りて土下座しそうな勢いの魁傑に、高虎が鷹揚《おうよう》な笑みを浮かべた。

「なに、おまえと初めて相まみえたときに比べれば、可愛いものじゃ」

カカと笑い、高虎が魁傑との初対面の話をし、魁傑はこれ以上小さくなりようもないほど身を縮めている。

「高虎殿、どうかその話は勘弁してくだされ」

「そうじゃ、この元山賊は、兄上の首を狙って飛びかかっていったのじゃからの」

高虎の言葉を引き継いで、次郎丸が魁傑に攻め込んだ。唯一とも言える魁傑の弱点を突く次郎丸の顔が、生き生きと輝いている。

「我に対する態度も失礼この上ないものじゃった。あの無礼者がよくもまあこのように育ってくれたものじゃ」

「まるでご自分が育てたように言わないでください」

「我が育てたも同じじゃ。すべては我の功績じゃな」

「……どうして次郎丸様の功績となるのです」

「当たり前だろう。我の口利きにより、お主は兄上の臣下に就いたのだろう？」

「そのような事実はござらんな」

「なにをう？　泣いて喜んでいたではないか！」

「またどうしてそのような嘘《うそ》をおっしゃるのです」

「嘘ではない！　我は覚えているぞ。お主は布団を被って泣いていた」

「そんな大昔の話を持ち出して。その上事実をねつ造するとは」

「さっきのお返しじゃ。我が柱にしがみついていたという話もねつ造だろうが」

「それは事実でござろう」

「ならばお主の泣いた話も事実じゃ！」

二人の丁々発止が再び始まってしまい、出陣の時刻が刻々と押していくのだった。

隼瀬浦を出てから二日が経った。今日の宿は山中にある古い寺だ。造りは古いが敷地は広大で、空良たちは馬を下り、荷物を運び入れ、泊まりの準備に入った。入りきらない雑兵はその他の兵たちも軒を借りる。空良と高虎は奥の座敷を与えられ、その他の兵たちも軒を借りる。

敷地内での野営となるが、皆慣れているらしく、テキパキと動き回っていた。

三雲の率いる兵は、戦のために集められた武士たちだ。戦のたびに農民や町民が駆り出されることの多いこの時代に於《お》いて、三雲の徴兵制度は独自ともいえる。兵たちの生活のすべてを三雲が賄《まかな》い、教育も施しているのだ。経費は掛かるが、戦のために日々鍛錬を積んでいる彼らは、雑兵一人が他国の兵二十人分の働きをする。三雲の軍の破格の強さは、こうした長年の努力の結果が実を結んだものだ。

宿に入った高虎は、休む間もなくあとからやってきた兵を迎え入れ、炊き出しの采配をしていた。

「歩兵はまずは足を休めろ。余力のある者は、荷を解《ほど》くのを手伝ってやれ」

空良も馬たちを厩《うまや》に連れて行き、世話を焼いていた。ここまで乗せてきてくれた愛馬の身体を、濡れた藁《わら》で清めてやる。

「今日もよく歩いてくれた。ありがとうね、谷風」

飼い葉を与えながら、谷風に声を掛けていると、不意にパサリと何かが肩に下りた。

「あ、ふく。なんだおまえ、追い掛けてきたのか?」

オオルリや他の鳥たちと同様、山での友だちである梟《ふくろう》が空良の肩に乗っていた。

驚いている空良に向かい、ふくがいつものように「ギョロロロ、ホウ」と、独特な声を上げた。

「随分遠くまで追い掛けてきたんだね。帰り道は分かる?」

空良が心配すると、ふくは大きな目をクリクリと動かしながら首を傾《かし》げた。可愛らしい仕草に心が和む。

「こんなところでおまえに会えるなんて。嬉しいよ、ふく」

思いがけない来訪者を喜んで迎えていると、菊七が魁傑の馬を連れてやってきた。空良の肩に乗った梟を、珍しそうに眺めている。

「菊七さま。本日もご苦労さまでした」

気軽に声を掛けるが、菊七は何も言わず、空良の肩に乗るふくをジッと見つめている。

「これは『ふく』といって、山のお友だちなのです。とても賢いのですよ」

鳥が好きなのかと思い、肩から腕に移したふくを伴い、菊七の側まで近づいた。

「懐《なつ》こい鳥です」

触ってみるかと菊七の前に腕を差し出した途端、ふくが飛んでいってしまった。

「あ、行ってしまいました。隼瀬浦から追い掛けてきたみたいです。帰り道、分かるのかな」

ふくを見送りながら話し掛けたのだが、空良の言葉が終わらないうちに菊七が隣の厩へ入ってしまった。去っていく菊七の背中を見送り、空良は谷風の世話に戻った。

馬の世話を終え、境内《けいだい》に戻ると、夕餉の炊き出しが始まっていた。幾つもの大鍋に野菜汁が煮込まれている。

寺の者や兵たちに混じり、空良も火の加減を見たり、椀を持って並ぶ兵たちに野菜汁を振る舞うなどして手伝った。雑穀を炊いた握り飯も出来上がり、それらも配って回る。

「空良、おまえもいただきなさい」

忙しく炊き出しの世話を焼いている空良に、高虎が声を掛けてきた。空良に夕餉を取れという高虎自身は、まだ飯にありついていないようだ。

「旦那さまこそ召し上がってください。空良はあとでいいですから」

高虎のために汁をよそおうとすると、高虎がそれを押しとどめて、「俺は最後だ」と言った。

「皆に行き渡ったのを見届けたら、俺も食うから」

そう言って周りを見渡し、椀を持っている者に自ら振る舞っている。

戦に出掛ける兵たちは、手弁当が多いそうだが、三雲ではこれも全て面倒をみる。行く先々で食料を調達し、全員に配るのだ。

ようやく皆に行き渡ったことを確認した高虎は、それから寺の者にも声を掛け、本当に一番あとに椀を手にするのだった。

「腹が空《す》いただろう。身体は大事ないか？」

高虎と一緒に夕餉についた空良に向かい、高虎が言った。

「はい。なんともありません。谷風はたいそう優しく空良を運んでくれました」

「そうか」

笑顔を作った高虎が、兵たちと同じ雑穀の握り飯を口に運んでいる。

「旦那さま、戦の折にはいつもこのように、最後に召し上がるのですか？」

出陣するのが初めての空良は、戦場での高虎の様子を目にするのも初めてだ。他の国の大将が高虎と同じ振る舞いをするのかさえ知らないが、軍を率いる大将がこうして最後に食事を取ることが驚きだった。

「他の国は知らぬ。しかしうちではずっとこうだ。お館様も同じようにしていたぞ」

「そうなのですか」

「兵は宝だからな。何よりも大切に扱わなければならないのだ」

戦になれば、命を賭して敵に向かうのだ。そんな彼らを蔑《ないがし》ろにすることなどできないと言う。

「兵は城であり、堀であり、槍《やり》であり、矛《ほこ》である。俺の声一つで突撃するのだ。武将にとって、何よりも大切な宝と言えよう」

キッパリとした横顔を見せ、高虎が兵の大切さを空良に教えてくれる。

ここへ到着する前の道中でも、宿泊先に着いたあとでも、高虎は常に周りの者に心を配り、誰よりも先に立ち働いていた。兵たちも高虎の気遣いに感謝しながら、素直に受け容《い》れ、また自分たちからも高虎に気遣いを見せる。

自分たちを大切にする大将だから、周りの者も真心で返そうとするのだろう。

「立派なお考えですね。尊敬します」

空良の素直な感想に、高虎がはにかんだように笑った。

「なに、どうということはない」

「たんと召し上がってください。お腹《なか》も空いたことでしょう」

大勢を率いての行軍だ。堅強な身体を持つ大将であっても、疲れもするし、腹も空く。だけど高虎はそんな素振りは微塵《みじん》も見せずに、始終朗らかな態度でいるのだ。

「顔色一つ変えないのですから。本当にご立派です」

空良の言葉にニッコリと笑い、高虎が「大将の一番の仕事は、やせ我慢じゃ」と言った。

「やせ我慢ですか？」

「そうだ。腹が空いても満腹な顔をする。槍で突かれても蚊が止まったほどの風情を装うのだ。痛がったり苦しがったりする顔を見せてはならない。不安顔をする大将に、誰がついていこうと思うか？」

そんな武将の下に就いたら、誰よりも先に逃げ出すと言って高虎が笑った。

「いつのときも変わらぬ風情でいることが大事なのじゃ」

いつもと変わらず凛々しい顔をして、高虎が汁椀を口に運ぶ。

「武将とは、大変なお仕事なのですね」

「そうでもないぞ？　達成感も大きいのでな、戦に打ち勝ったときの兵の顔を眺めれば、何もかも吹き飛ぶ」

辛《つら》いことなど何もないと、高虎が朗らかな顔を空良に向けた。

「高虎殿、よろしいでしょうか」

つかの間の寛ぎのひとときを楽しんでいる二人に、魁傑が遠慮がちに声を掛けてきた。

「明日以降の行程について、ご相談が」

松木城のある吉田までは、本来であれば半月ほども掛かる行程を、半分の日数で行こうとする強行軍だ。隼瀬浦を出立して二日経ったばかりだが、早くも多少の変更が生じたらしい。

高虎がすぐさま立ち上がり、魁傑と共に寺の外へ行ってしまった。高虎たちが去ったあと、空良は夕餉を素早く済ませ、兵の様子を見て回ることにした。大将としての高虎の心構えに感銘し、自分も少しでも彼の妻として働きたいと思ったからだ。

普段から泰然とした高虎の風情だが、あれは努めてそうしている結果だったのだ。苦悩も不安も押し殺し、部下の前では平然を装う。武将とは常に強くある者で、敵のみならず、自分を慕う部下の前でも、弱い姿を見せられないのだ。

「わたしも少しでも、あの方に近づきたい」

立派な考えだと思うと同時に、自分の前だけでは、少しは弱音を吐いてほしいと、そんなことを思う空良なのだった。

自分の使った椀を洗い、片付けを終えると、空良は兵たちの集《つど》う辺《あた》りに足を運んだ。お代わりはいらないか、何か不便に思うことはないかと、聞いて回った。

三雲の兵たちは、空良も見知った顔ばかりだったから、皆笑顔で何もないと言い、礼を述べてくれた。

軍の質は大将の質と同等なのだと、気さくに答えてくれる人々の顔を見て思った。高虎の率いる軍の人々は強くて、その上とても優しい。

兵たちと歓談していて、ふと菊七はどうしているかと辺りを見回したが、見つからなかった。彼は今回初めて行軍に参加しているので、まだ打ち解けていないのだろうと心配になった。

魁傑は随分彼のことを庇っていた。その上信頼も置いているようだ。

魁傑が高虎の下で働くようになってから、六年以上が経つと聞いている。その前は山賊をしていて、高虎の軍を襲ったのが二人の出会いだ。そうなると、菊七と魁傑との出会いはもっと昔ということになる。空良と二つしか変わらないと言っていたから、その頃の菊七はだいぶ幼かっただろう。

「そんな小さな頃に山賊に……？」

魁傑が山賊になった経緯《いきさつ》も、彼が話そうとしないから、詳しくは分からないでいる。だけどとても辛い事情があったことだけはなんとなく感じていた。そんな魁傑は、菊七に心を砕いているように見えた。菊七はいったいどんな経緯で魁傑と出会い、今こうしているのだろう。

境内を見回しても菊七の姿を見つけられず、空良は厩に足を運んでみた。灯りの届かない厩の前で、菊七が一人で食事をしているのを見つけた。

「やっぱりここにいらしたのですね。野菜汁のお代わりを持ってきましょうか」

空良の声に菊七はチラリと視線を寄越し、何も言わない。

「ここは暗いでしょう。向こうで皆さんとご一緒しませんか？」

今日の宿泊先も菊七が用意してくれたものだ。労《ねぎら》いの声を掛ける空良に、菊七は相変わらず無言のままだ。

「もしかしたら明日以降の行軍に変更があるやもしれません。正規とは違う道行きですものね。菊七さまが手配くださったのだと聞いています」

半月の道のりを半分にせよという高虎の命に、魁傑を通して菊七が動いてくれた。

「山を突っ切るとは、驚きました。こんな山奥にも寺があるのですね。とても歴史のある寺のようです。菊七さまはいろいろなところを回っているから、ここも知っていたのですね」

純粋に感謝の気持ちだった。菊七がこの道を見つけてくれなければ、吉田に着くのはもっと遅い時期になっていただろう。

そう思っての空良の言葉だったのだが、受け取った菊七には違って聞こえたようで、「文句があるのか」と険のある声が返ってきた。

「なにしろ早く着く道を見つけろと言われたからこの道筋を選んだんだ。仕方がないだろう。ボロ寺で悪かったな」

「いいえ、そんなことは思っていません」

「お姫様のあんたにはきついだろうが、それでも半分の日程だとこうなるんだよ」

「分かっています。ありがとうございます」

丁寧《ていねい》に頭を下げる空良に、菊七が「嫌味か」と言うので驚いた。

「三雲の兵は足が強いと言われたから、それなら行けると思ったんだ。今更《いまさら》文句を言うな」

「菊七さま、わたしは文句など言っていません」

「寺がボロくて道が険しくて嫌だって言うんだろ？」

「いいえ」

空良がどんなに否定をしても、菊七は邪険な顔を崩さず空良に食って掛かる。

「責められたってこっちも困る」

「どなたか菊七さまを責めたのですか？」

空良の問いに、菊七がギロリと睨み、ふん、とそっぽを向いた。

「言われなくても分かる。そんな生っちょろい身体じゃ、辛いのも当たり前だろうよ。進軍の速さを緩めるんじゃあ、意味がないだろうに」

「いえ、緩めるとは聞いていませんが。逆に速まるかもしれないですし」

「緩まるさ。だってあんたがいるから」

意味が分からず首を傾げる空良に、菊七が呆《あき》れたような溜め息を吐く。

「……とんだ足手纏いだ」

ボソリと呟かれた言葉は、それでも空良の耳に入ってしまった。

「足手纏いにならないよう、ちゃんとついていきますゆえ。それに、わたしは見た目よりも身体が強いのですよ」

歩兵と違い、空良は馬で移動しているので、それほど辛いということもない。それにたとえ徒歩での道のりでも、他の兵たちと同じぐらいには歩ける自信もある。隼瀬浦でも毎日山を散策している空良だ。

だけど空良のそんな言葉に、菊七は「へ」と馬鹿にしたように笑うだけだ。

「まさか戦に自分の情人を連れていくとは思わなかった。兄貴がもの凄《すご》い武将だと言ったから、会うのを楽しみにしていたのに、幻滅させられた」

兄貴とは、魁傑のことを言っているのだろう。相変わらず険のある声で吐き捨てるように言われ、空良は「高虎さまは立派な武将です」と、幾分強い声で否定する。

「それに、わたしはわたしの意思で、今回の行軍に参加しているのです。高虎さまは確かにわたしの夫ですが、わたしも生半可な気持ちでついてきたわけではありません」

何を言っても、菊七はニヤニヤ笑うばかりで、空良の主張をまともに取り合ってくれない。

「男の嫁だっていうだけでも度肝を抜かれるのに、そんな人を大事な戦に連れ込むとは、たいした大将だよ」

「菊七さま、それは誤解です」

「兵たちの士気もこれじゃあ上がるはずもないよな。色ぼけ大将の下に就くなんて、情けなくてやる気も出な……っ、がっ！」

話の途中で菊七が断末魔の声を上げてしゃがみ込んだ。その後ろには魁傑が仁王立ちしている。強く握った拳《こぶし》を菊七の頭の上に振り下ろした。

「いてっ！　兄貴、痛いって！　やめろよ」

「おまえはっ！　なんということをっ！　空良殿に向かってっ！」

一声ごとに魁傑が拳を振り下ろし、そのたびにゴンゴンと菊七の頭が鳴る。

「色ぼけ大将などとっ！　どの口がっ！」

「魁傑さま、どうかやめてあげてください。菊七さまの頭が割れてしまいます」

「姿が見えないからっ！　探しにきてみればっ！　おまえというやつはっ！」

鬼神に仕える弁慶《べんけい》と恐れられている魁傑が、渾身の力で拳を振り下ろすのを止めようと、空良は必死の思いで魁傑の腕にしがみつく。

「死んでしまいます！　魁傑さま！」

「構いませぬっ！」

「菊七さまが死んでしまったら、吉田に辿《たど》り着けません」

「……それもそうでござった」

漸《よう》く我に返った魁傑が腕の動きを止めた。ゲンコツと呼ぶには破壊力のありすぎる制裁をもらった菊七は、殴られた頭を抱えたまましゃがみ込んでいる。

「菊七さま、大丈夫でございますか？　怪我は？」

「なに、これくらいで壊れるような柔な骨ではありません。空良殿、ご心配なく」

冷静な声で魁傑が言い、それから菊七に向かって「謝れ」と促した。

「どれほど無礼なことを言ったか身に浸みて分かっただろう。おまえの暴言は切腹ものだぞ」

しゃがみ込んだままの菊七の身体を乱暴に引き起こし、魁傑が「謝れ」と何度も言うが、菊七は下を向いたまま何も言わない。

「菊七！」

魁傑が焦《じ》れたように菊七の名を呼んだ刹那《せつな》、魁傑の腕を振り払い、菊七は走って逃げてい

った。

「こらっ！　何処へ行く。空良殿に謝れ！」

「魁傑さま、いいのです。わたしは気にしていませんから」

追い掛けようとする魁傑を空良は引き留めた。あれだけの痛い制裁を受けたのだ。これ以上の謝罪など必要ない。

だが、逃げてしまった菊七に代わり、魁傑が地面に膝をつき頭を下げてきた。

「拙者《せっしゃ》があのような者を連れてきてしまった。この上はあれに代わり腹を切りまする」

「いいえ！　いいえ、本当に気にしていませんから。魁傑さま、どうかお顔を上げてください。腹を切るだなんて、そんなたいそうなことではありません」

「いいや！　この上は腹を切って詫《わ》びるしか手立てがござりませぬ。とうてい許してくれなどと言えないことをしでかしました」

「許します。許しますからどうか堪忍してください」

どちらが謝っているのかもはや分からない状態で、お互いに頭を下げ合う。

「……本当に、なんとお詫び申し上げていいか」

漸く身体を起こした魁傑が、未だに苦渋の表情を浮かべ、菊七の消えていった先を目で追った。

「物の見方が捻《ひね》くれていて、……いや、あれでも素直なところもあるのですが。拙者には懐いてくれており、前よりは柔らかくなったと安堵していたのですが、結局この有様で」

「本当に平気ですから。わたしが、少ししつこくしてしまったのがいけなかったのです」

一人での食事は寂しかろうと、要《い》らぬ世話を焼こうとしてしまった。高虎の大将としての気構えを聞いたすぐあとだったので、自分も見習おうと、張り切った挙げ句に空回《からまわ》りしてしまったのだ。

「それにしても、まるで火の玉のようなゲンコツでした。菊七さま、本当に平気でしょうか。これに懲《こ》りて、行軍についていくのはやめると言ったりはしないでしょうか」

菊七のことを心配する空良だが、魁傑は「あれしきのことで仕事を放り出すようなやつではありませぬ」と言った。

「偏屈ですが、一度請け負った仕事は全うします。だからこそ、拙者はあれに今回のことを頼んだのですから」

空良にとっては衝撃的な光景だったが、魁傑は平然と「あれしきでへこたれるやつではありません」と請け負った。

「菊七さまも以前は山賊のお仲間だったのですよね。随分と小さい頃からご一緒されていたのですか？」

さっき思い浮かべた疑問を口にすると、魁傑は「ああ」と思い出すように空を見上げ、それから笑った。日はすっかり暮れ、空には満天の星が散らばっている。

「菊七を拾ったのは、あれが十二ぐらいの頃でしたか。十年、いや、九年前になりますかな」

高虎に出会う三年前、山賊だった魁傑は、一人で流浪していた菊七を拾い、仲間に引き入れたのだと言った。

「奉公先から逃げ出して、彷徨《さまよ》っていたようです。拙者が拾ったときにはガリガリに痩《や》せて、餓死寸前の有様でした」

貧しい農家の七男坊として生まれた菊七は、六歳で商家に奉公に出されたのだそうだ。

「あれでいて利発なのですよ。文字も読めるし、算術もできます」

様々な技能は、奉公での賜物《たまもの》だったが、山賊の間では、文字の読める輩《やから》など珍しかったから、仲間にも重宝がられたらしい。

「次郎丸様とはまた違った聡さがあり、奉公先でも初めのうちは可愛がられたのだそうです」

奉公先では米の飯を食べることができ、働きに出てよかったと思ったと、いつか語っていたと魁傑が言った。

「店の主人や番頭にも目を掛けられて、……まあ、そうなると他の奉公人から苛《いじ》められたりして、苦労もあったが、それよりも腹いっぱい飯が食えるのが幸せだったと言っていました」

空腹が何より辛いということは、空良も身を以て経験している。菊七にとっては、苛めもきつい勤めも、空腹に比べれば耐えられる程度のものだったのだろう。

「あのまま奉公先で仕事を覚え、一生食いっぱぐれることもなく暮らしていけると思っていたのが、年が上がるにつけ、……まあ、別の問題が出てきたようで」

言葉を濁す魁傑に、意味が分からず首を傾げると、魁傑は決まりが悪そうに小さく笑い、「あの美貌ですからな」と言い、眉根をきつく寄せた。

「幼少の頃なら可愛らしい容貌でチヤホヤされるに留《とど》まっていたものが、だんだんと周りの態度が変わってきたのだそうです」

お使いに行けば手を取られ、お菓子を載《の》せられる。役得と思って喜んでいた頃はよかったが、そのうち礼の言葉だけでは済まなくなっていったそうだ。

そして十二歳になったある日、奉公先の番頭に蔵へ引き込まれ、恐ろしい目に遭わされたのだという。

「それまで可愛がってくれた男が、人が変わったようになり、襲ってきたのだそうです」

暴れて拒んでも大人の力には勝てず、それでも泣いて拒否をしたあとには、折檻《せっかん》が待っていた。

「随分と酷《ひど》い目に遭ったらしいです。番頭と蔵に入ったところを見咎《みとが》められたあとは、……次々と別の者にも引き込まれるようになったと。噂《うわさ》が広がったのでしょうな。それからは地獄だったと。それで逃げ出したのです」

大人の厭《いや》らしい玩具《おもちゃ》にされ、拒めば折檻される。他の奉公人には苛められ、どうにも我慢ならなくなって、ある日何も持たずに逃げ出した。

だけど僅か十二歳の子どもは、逃げたところで生きていく術も力も持っていなかった。盗みを働き、終《しま》いには道ばたの草を食《は》む生活を続け、そんなときに魁傑に拾われたのだ。

「……そうだったのですね」

すっかり人間不信に陥った菊七は、初めのうちは魁傑にも警戒の目を向け、容易には心を開かなかったという。魁傑も気まぐれで拾い、しばらくは面倒を見てやったが、本人が拒むのに、無理やり世話を焼くほどのお人好《ひとよ》しでもなかった。本人が望むのなら野垂れ死にするのも仕方がないと放っておいたのだが、それが却《かえ》って菊七にとっては有り難かったようだ。

「それまで自分に関わる大人は皆何某《なにがし》かの下心を持って近づいてきたから、拙者のような者のほうが信用できると思ったんでしょうな」

一度心を開けばあとは驚くほどの速さで魁傑に依存した。今まで頑なに閉じていた分、菊七も人恋しかったのだろう。

「一緒に過ごしたのは三年ほどで、拙者はそれから高虎殿の臣下になり、一旦繋がりが途切れたのですが、仲間と連絡を取るうちに、あれの消息も知れ、今に至ります」

高虎の下に就くときに、魁傑は菊七に一緒にくるかと誘ったらしい。だが菊七はそれを拒んだ。山賊の仲間入りをし、やっと落ち着いたのに、また新しい人間関係を築くのに臆したのだろうと魁傑は言った。

その後の菊七は、山賊の仲間とも別れ、旅一座の役者になったのだが、その間にもいろいろと苦労をしていたようだ。魁傑と再会したときには、だいぶ捻くれた性格が出来上がっていたという。

「高虎殿が菊七を臣下に引き入れようと声を掛けてくださったときには、拙者も嬉しく思ったものですが、如何《いかん》せんあの調子で……」

今回の出陣で、菊七に馬回りの役目を与えることに成功した魁傑は、このまま高虎に取り立ててもらえればという目論見《もくろみ》を密《ひそ》かに持ち、思惑通りに高虎が声を掛けてくれ、喜んだものだが、菊七の態度は最悪で、折角《せっかく》の申し入れを拒んでしまった。

「あれは高虎殿を誤解している。なんとかそれを解きたいのですが」

空良のことを姫様と誹《そし》り、戦場にまで連れてきた高虎に嫌悪を抱《いだ》いている。それは、奉公先での経験が大きく影響しているのだろうと言った。

「それほどの辛い思いを経験されたのですから、頑なになるのも仕方のないことです」

信頼していた人の突然の豹変や、それ以降の餓死寸前になるまでの暮らしは、菊七に暗い影を落としてしまったのだろう。魁傑に拾われ、やっと安寧を得たのに、またそれを奪われた。

菊七にとって高虎とは、やっと得た穏やかな暮らしを奪った男で、その男の伴侶は、菊七の過去を思い出させる忌まわしい存在なのだ。

「……それでも、魁傑さまの頼みを聞いて、隼瀬浦のために働いてくださっているのですから、感謝しなければなりませんね」

菊七にしてみれば、三雲のためなどではなく、魁傑の頼みだから請け負ったのだ。

魁傑は、菊七は仕事を放り出さないと、はっきりと言った。過ごした時間は三年と短くても、二人はそれだけの信頼関係を築いているのだ。

「何も知らずに馴《な》れ馴れしい口を利いてしまいました」

隼瀬浦の人々が温かいから、すっかりそれに慣れてしまい、他の人も同じように自分に接してくれると思い込んでしまっていた。

「わたしの存在が菊七さまの傷を抉《えぐ》ってしまったのですね。思慮が足らずに可哀想なことをしてしまいました」

誤解されたのは悲しいことだが、言葉で諭しても変わらないだろう。空良だって、隼瀬浦にやってきて、本当に安堵するまで随分と時間が掛かったのだから。

「わたしのことはともかく、隼瀬浦の皆さまの温かさに触れれば、いつか菊七さまも心を開いてくれるでしょう。旦那さまについても、あの方のお働きぶりを間近に目にしていれば、すぐにも人となりを理解するはずです。ご立派な武人ですから」

「……あなた様はどうしてそのようなのでしょう」

「そのようなとは？」

なんのことだと問い掛ける空良に、魁傑は答えず、ジッと空良の顔を見つめている。

「空良殿のようなお方がいれば、あれも……」

そこまで言い掛けて、魁傑は「いや」と、首を振った。

「あれももう大人だ。自分で気づかなければならないのでしょう」

魁傑が再び空を見上げ、大きな溜め息を吐く。

「無理やり言い聞かせても、心の持ちようを変えることはできない」

「そうですね。変わるのは、どんなときでも自ら気づいたときだと思います」

魁傑の呟いた言葉の内容は、空良にも心当たりがある。

変化の兆しは知らないうちに訪れていて、そしてある日唐突に理解するのだ。

「聡いやつなのですが、頑なすぎて、目が曇っている。あれに次郎丸様の十分の一ほどの天真爛漫《てんしんらんまん》さがあれば、苦しまなくても済むと思うのですよ。いや、百分の一でもいいか。次郎丸様は次郎丸様で、あれもまた扱いづらい御仁《ごじん》ですからな」

「そうでしょうか」

「そうです」

空に広がる星を眺めながら、魁傑が言い切った。

「魁傑さまがそうおっしゃるなら、そうなのでしょう。次郎丸さまのことを一番理解しているのは、魁傑さまですから」

「そんなことはありませぬ。拙者にはあの方のお考えなどまったく理解できませぬ」

心外なことだと目を見開く魁傑の顔が可笑《おか》しくて、空良は声を上げて笑った。

本当に人の心とは、それを持つ本人にさえ理解できないものらしい。

笑っている空良の肩に、パサリと覚えのある重みがやってきた。

「あ、ふく。おまえ、帰ったんじゃないのか？　何処へ行っていたの？」

夕方飛び立った梟が、再び空良の肩に留まり、ホウ、ホウ、ギョロロと、独特な鳴き声を響かせた。


時貞の待つ陣地へ辿り着いたのは、隼瀬浦を出立してから八日目だった。初めは十日の日程を組んでいたので、二日短縮したことになる。

時貞率いる三雲軍と、他三国が陣を敷いているのは、広大な湿地帯を前方に望む、高台の上にあった。湿地帯の向こうには、霧に隠れるようにして城が築かれている。その背後には、大小の山が連なり、一際高い山の頂上付近は、雪に覆われていた。かなり険しい山のようだ。

「おお、皆の者、よく来てくれた。随分早くに到着できたのだな。ご苦労だった」

知らせを受けた時貞が、高虎たちの元へ自ら赴き、労いの言葉を掛けてくれた。

「書状にあった通り、なかなか難しい場所のようです」

高虎の声に、時貞が「そうなのだ」と、太い眉を寄せ頷《うなず》いた。

「四国も纏まって、まさか一月近く掛かっても攻め落とせないとは思いもしなかった」

面目ないことだと、時貞が己の不備を恥じ入っている。

「到着して早々だが、すぐにも軍議を執り行いたいと思う。よろしいか」

「もちろんです」

休む暇もなく、空良と高虎は、連合軍が集まる会場へと案内された。

ここに陣を敷いてからの一月で、新興国軍は着々と陣営を整えていた。急普請ながらも軍の重鎮のための小屋が数棟建てられている。敵を監視するための高見台が組まれ、湿地帯の際には砦《とりで》も造られていた。高台の最奥には四国それぞれの本陣があり、日に何度も集まっては、軍議が開かれているという。

味方の数は各国千五百ずつ、合わせて六千の兵が集結している。高虎の援軍五百が加わり、今は六千五百の兵力となった。対する松木城の兵の数は推定三千余りで、数の上ではこちらが有利なのに、攻めあぐねているのだ。

「あんな狭い城にそれだけの兵を置いて、よくも兵糧が切れないものだ」

「恐らくはあの山脈の向こうから調達しているのでしょう。あちらは長年あの場所に住んでいるのですから、我々の与《あずか》り知らない経路を確保していると思われます。和平の交渉は？」

「こちらから定期的に使役を送っているのだが、頑なに拒まれている」

軍議の場へ向かう道中、父と息子で早速詮議が始まっている。空良は彼らの少し後ろについていきながら、土地の様子を用心深く観察していた。

空はどんよりと曇り、なるほど雨の多そうな土地柄だ。あの山脈に風がぶつかり、雨雲を作っているのだろう。城を囲むように広がる湿地帯はドロドロに淀《よど》んでおり、聞いていた通り、攻める足が鈍るようにできていた。城の周りには高さはそれほどないが、びっしりと城壁が造られていた。その向こうから、こちら側の動向を窺《うかが》っている気配が、空良の立つこの位置まで届いてくる。じっとこちらを見つめ、少しの動きも見逃さないような、ねっとりとした気配だ。

「空良殿」

辺りを見回している空良に向け、時貞が声を掛けた。軍議場を囲む幕を押し上げ、中へ入れと促す。

「それぞれの大将に集まってもらっている。本日は顔見せと、戦局の説明じゃ」

高虎、空良、時貞の順で軍議場の中へと入る。奥には椅子《いす》に座る男が三人、その後ろに側近が立っていた。皆厳しい顔つきで空良たちを見つめている。

こちらに向け軽く会釈《えしゃく》をするのは、三雲の同盟国である篠山《しのやま》の当主、滝川重之《しげゆき》だ。彼とはこの春の祝言の折に会っていたから顔は知っていた。彼の三男坊である孝之助は今、三雲の預かりとして隼瀬浦に住んでいて、その縁もあり、他の国よりも親しい間柄にある。

あとの二人の大将のうち、片方は時貞と同じほどの年齢で、恰幅《かっぷく》良く、揉《も》み上げから顎《あご》の下まで、顔半分ほども覆う立派な髭《ひげ》を蓄えている。隣に座るもう一人は、老人と呼べるぐらいの年齢で、ツルンとした肌に、白髪《しらが》交じりの髷《まげ》を結っていた。

二人の大将の顔には見覚えがなかった。もしかしたら祝言で会っていたのかも知れないが、よく思い出せない。大勢の人から祝いの言葉をもらったので、すべての顔を覚えていないし、それ以前にあのときとは雰囲気がまるで違う。たとえ会ったことがあったとしても、空良には見分けがつかないだろう。後ろに控える側近も、硬い表情のまま、こちらを見据えていた。

ヒリヒリとした空気が軍議場を包んでいる。

刺すような視線の中、時貞に促され、空良は高虎と共に軍議の席に座らされた。

「本日はわざわざお集まりいただき、かたじけない。こちらは私の長男、高虎だ。それとその伴侶の空良。私の義理の息子だ。よろしくお見知りおきを」

時貞の紹介により頭を下げるが、滝川以外の大将は、高虎に対し僅かに顎を引くだけで、空良とは視線すら合わせせない。

「この空良は、他にはない才を持っており、今回彼に助言をもらおうと思ったわけだ。高虎については、一同もご存じの通り、戦力強化のために呼んだ」

辺りの重々しい空気をものともせず、時貞が朗々と息子夫婦のことを語る。

「今日はこの者たちを紹介し、まずは敵地について学んでもらおうと思う。戦局を見極め、しかるのちに空良から助言を仰ぎ、新たな計略を練ろうという算段だ。一同にもご協力を願いたい。空良、こちらにおわす方は……」

「今更やってきて助言などされても、何が変わるというのか」

紹介しようとする時貞の声を遮り、大髭の大将が吐き捨てるように言った。隣にいるもう一人の大将も頷いている。

「にわかに助言をいただいても、この期《ご》に及んで急激な変化も望めまい。攻めるか引くかのどちらかであろうが」

「我々はここに来て早一月、事前調査を含めれば、二月余りもの時を使い、ここに陣を張っている。今日初めてやってきた者に、どんな助言を仰ごうというのだ。それにその者は、軍師ではないのだろう？　そのような出《い》で立《た》ちをしているが、武人でもない」

今日は各国の大将と顔合わせをするということで、空良は高虎に準ずる甲冑と烏帽子を身に着けていた。だけど恰好《かっこう》ばかりだということは、すぐにも彼らには分かるようで、滑稽《こっけい》な者を見るような目で眺められ、鼻で嗤《わら》われた。

「何ゆえそのような者をわざわざ呼び寄せたのか、皆目分からん」

どうやら滝川以外の二国の大将は、空良を歓迎するつもりはなく、むしろ迷惑と思っている。

「援軍が加わったのだ。早々に攻め入るのが得策と思うぞ。その算段をつけるのなら、話を聞こう」

大髭の大将は、強硬に攻め入ることを望んでいるようだ。

「高虎殿の働きの目覚ましさは、よく知っておる。此度も是非その力を発揮するがよい」

「しばし待ってもらいたい。今日は顔見せということで、後日改めて軍議を開こうではないか。戦力強化の思惑は、確かにその通りだが、こちらの空良の意見を聞けば、また別の道が見つかるかもしれん」

矢継ぎ早に話を進めようとする大将たちを、時貞が留める。彼としては空良の特殊な力を借りて、作戦を立て直すために呼び寄せたのだ。

「その者の意見など聞くまでもない」

だが、他の国の人たちは、そんな力など望んではおらず、どうして空良のような者をここへ連れてきたのかと、時貞を責めるのだ。

「……だいたい、軍師でもなく、武人ですらない者が、何ゆえこの場におるのだ」

唸《うな》るような声は、明らかに不快感を示していた。空良に向ける敵意を隠しもせず、この場にいることさえ不快だという思いを正面からぶつけてくる。

「大事な戦の場だぞ。小姓《こしょう》ならまだしも、堂々と妻と名乗る輩を連れてきて、その上その者の助言を仰げというのは、いくらなんでも常識にないことであろう。こんな無礼な対応をされたのは初めてじゃ。まことに気分が悪い」

名のある三雲の若大将が、男といえども「妻」と呼んでいる者を戦場に連れてきたことに、彼らは憤っているのだ。

名を名乗ることもせず、時貞の体面をも考慮しない。それほど彼らの怒りは大きいのだろう。

「それでもなんでも話を聞けというのなら、今聞こうではないか。意見があるならこの場で言ってみろ。納得できるような材料を持っているのだろうな」

鋭い視線を向けられ、空良は石を呑《の》んだように喉を詰まらせた。大髭の大将の醸し出す迫力は、高虎や魁傑にも匹敵するほどで、恐ろしさに足が竦《すく》む。隣にいる年嵩《としかさ》の大将の冷めた視線も、更に空良を追い詰める。

以前、滝川の家臣だった弥市に拉致され、刃《やいば》を向けられたときは反抗ができた空良だったが、今はそれができなかった。眼前に切っ先を突きつけられたような殺気が、空良一人に向けられているのだ。

「あ……、わたしは……」

両手で喉元を押さえ、何か言おうと口を開くが、空気が漏れる音がするだけで、言葉が出ない。ガクガクと足が震え、石のように固まるばかりだ。

そんな空良の有様を見て、二人の大将がフッと鼻で嗤った。

「物見遊山《ゆさん》と間違《まちご》うてやってきたと見える。お門違いも甚《はなは》だしい。無様なものよ」

そのとき、隣にいる高虎の周りに風が吹いた。ぶわりと空気が盛り上がり、立ち上がった気配がしたが、高虎は動いておらず、椅子に座したままだった。

「……高虎。鎮まれ」

時貞が声を掛けるが、高虎の怒気は収まらない。向かいにいる二人の大将が咄嗟《とっさ》に仰《の》け反《ぞ》るほどの気を放ち、無言で威嚇《いかく》し続ける。

「高虎、空良を伴い、一度外へ出ろ。私が話を進めておく」

高虎を制する時貞もまた、尋常ではない空気を纏っていた。

今一度名を呼ばれ、高虎が立ち上がった。「行こう」と促され、空良はよろめきそうな足をやっとの思いで踏ん張り、軍議場をあとにした。

「……済まなかった」

外へ出て、漸く呼吸ができるようになった空良に向けて、高虎が謝ってきた。

「いいえ。……わたしのほうこそ何も言えず、申し訳ありません」

国のために役に立ちたいなどと、勇んでやってきたのに、何一つできずに逃げるようにあの場から出てきてしまった。

打ちのめされている空良の背中に手を添えて、高虎が気遣わしそうに顔を覗いてくる。労りの眼差しの奥には、やはり連れてくるのではなかったという後悔の念も垣間見えて、そんな高虎の表情に、ますます申し訳なさが募った。

「三雲の陣に戻り、しばし休もう。おまえを送り届けたら、俺はもう一度ここへ戻るが。……一人で平気か？」

優しい声音でそんなふうに問われ、「平気です」と言う他なかった。

軍議の場から本陣へと向かう二人を、見ず知らずの兵たちが見送っている。そして空良たちが行きすぎたあと、さざ波のように囁《ささや》き声が聞こえてきた。

「……あれが噂の男嫁か。手弱女《たおやめ》のような風情だな。あんな細腕で槍が振れるのか？」

「無理だろう。甲冑なんか着込んで、まるで武具に着せられているようではないか」

「お飾りというところか。しかしいくら最強の武人だからといって、こんなところにまで嫁を連れてくるか？」

「ひとときも離れられないのだろうよ。それほど具合が良いのだろうな」

「色に迷った鬼神様か」

下世話な言葉で囁き合い、クスクスと嗤っている。耳から首まで熱を発したように熱くなる。ねっとりとした視線に晒され、俯けた顔が上げられない。

足早に歩く空良の後ろを追い掛けるような囁き声が、あるときピタリと止《や》んだ。おずおずと顔を上げると、高虎が周りにいる兵たちを、凄《すさ》まじい形相で睨んでいた。睨まれた男たちが、コソコソと逃げていく。

「……旦那さま」

空良の声に、高虎が視線を寄越し、ニッコリと笑みを作った。

「気にするな。言いたいやつには言わせておけ。おまえのことを、あの者たちは何も知らないのだから」

揺るぎない瞳《ひとみ》で、臆するなと諭される。高虎の言葉に励まされ、空良も少しだけ背筋を伸ばした。

耳障りな声は収まったが、不躾《ぶしつけ》な視線の気配は消えない。

大勢の好奇の目に晒されるということが、これほどの苦痛を生むのかと痛感した。

だけどずっと顔を伏せているわけにもいかないのだ。空良は自分から強く願い、高虎の反対を押し切ってまでここへやってきたのだから。

恥ずかしさも情けなさもあるが、高虎が空良のことで後悔しているということに、何より心を苛《さいな》まれた。

「旦那さま、申し訳ありません」

一言も言葉を発せられなかった自分の弱さが申し訳なかった。高虎が心配していた通り、真っ向からぶつけられた悪意に縮み上がってしまい、何もできなかった。

「謝ることはない。俺も何もできなかった。庇い立てもせず、ただ座っていただけなのが口《くち》惜《お》しい」

ギリリと歯を食いしばるような音を立てて、高虎が悔しがった。

だけどそれは仕方のないことだ。

あの場で高虎が怒りを爆発させてしまえば、収拾のつかないことになっただろう。三雲軍の今の総大将は時貞なのだ。その彼が鎮まれと命じ、高虎はそれに従ったのだ。

「しばし時間を置いて、話を詰めていくしかあるまい」

気にするな、と再び言われるが、すぐには頷けない自分がいた。

剣の腕も覚束《おぼつか》なく、さっきの兵たちに揶揄《やゆ》されたような、頼りない自分の身体つきが厭わしいと思った。空良がこんなふうでなければ、あの軍議の場であのように言われることもなく、時貞にも高虎にも恥をかかすこともなかったのにと思う。

菊七が言っていたように、周りの人は高虎が戦に情人を連れてきたと思っているのだ。

「誰がなんと言おうと、おまえの才は誰にも真似《まね》のできぬものだ。いずれあの者たちもおまえの凄さを理解する。今までだってそうだっただろう?」

子どもに言い聞かせるように、高虎が優しい声を出す。

「だから謝ることも、卑下することもない。そなたはそなたのまま、堂々としておればよい」

見目も剣の腕も関係ない。空良には空良だけが持つ強大な武器があるのだからと言われ、ゆっくりと頷いた。

「心配するな。俺たちには分かっている」

滔々《とうとう》と励ましの言葉を送られ、笑顔を作る空良だが、やはり心の底から気分が晴れることはなかった。

いずれ分かると高虎は言ってくれるが、あの軍議の場での人たちは、時貞の言葉さえ聞く素振りを見せなかった。そんな彼らに、自分は意見を届けられるのだろうか。また先ほどのような怒気を向けられ、受け止めて尚、対峙《たいじ》する勇気があるだろうか。

強い心を持たなければいけないと思う。

時貞に、空良を呼んだことを後悔されたくはなかった。高虎にも、危惧《きぐ》したことが的中したと憐れまれたくなかった。

だけど、どうすれば強くなれるのか、今の空良には見当もつかず、あの刺すようだった眼差しと、侮蔑の言葉を思い出し、途方に暮れるのだった。


空はどんよりと曇り、灰色の雲が垂れ込めている。

空良がここ吉田へやってきてから、五日が経った。状況は変わらず、敵側とは膠着状態が続いている。

この五日の間、大雨は降らないが、何度か霧雨に見舞われた。朝夕は霧も出る。

なんの進展もないまま、今日も軍議場では四国の大将が集まり、軍議を続けていた。

初日に挨拶のため顔を出し、追い出されるようにあの場から去った空良は、あれ以来軍議場には顔を出さず、あとから高虎に話を聞くに留めていた。

あの日、空良を三雲の陣地に送り届けた高虎が軍議場へ戻っていってからは、時貞の取りなしもあり、滞りなく軍議が執り行われたそうだ。時貞から、次からは空良が参加しても、あのような物言いはさせないからと言われたが、空良はあの場に行けないでいた。

あのときのことが恐ろしかったということもあるが、自分が言うべきことが、今のところ何一つ用意できないという理由もあった。

雨が降る時期なら答えることができる。だけどそれだけだ。それ以上空良が出せる提案が何もないのだ。あの場に参加しても、空良は意見する立場にない。だから毎日軍議場に出掛けていく高虎と時貞を見送り、空良は三雲の陣営内で待っているのだった。

「梅雨までは、あと一月もないな」

低い空を見上げ、空良は今後の天候を占い、それから足元に生えている植物を観察するために、しゃがみ込んだ。

長雨の季節でなくても、頻繁に雨が降る地帯なのは既に分かっている。湿った環境のため、始終生暖かい空気が漂い、身体が重いと感じる。

「この状態で本格的な梅雨になれば、あの湿地帯は水没するんだろうな。城に水が入ることはないんだろうか。そのための城壁なのかな」

山を背にポツリと浮かぶように築かれた城は、人工的に造られた石垣の上にある。水が上がりきるすれすれの高さを計算して建ててあるのだろう。城を水から守りながら、同時に敵の侵入を防いでいるのだ。

ここへ着いた翌日、空良は魁傑を伴い、高台の下の湿地帯に行ってみた。味方側が造った呰ギリギリの地点の土は柔らかく、足を踏み入れるとズブズブと沈んでいった。なるほど、このぬかるみの中を、重い武具を着けた状態で城まで行き、戦おうとするのは至難の業《わざ》だ。

空良たちが陣を敷く高台の植物も水を好む性質を持っているが、湿地帯のそれは、水の中で生息するものだ。その上種子の形が独特だった。

「水嵩が増したら、あの川に繋がるのか。どこまで流れていくんだろう」

殻に包まれた種子は軽く、水に浮く。湿地帯が水に覆われれば、水の流れに乗って遠くまで行けるような作りになっていた。そうやって自分たちの子孫を運び、勢力を伸ばしているのだ。

松木城が望める高見台に登り、向こうの景色も見せてもらった。城の東側に大きな川が流れていた。おそらくあの種子は川を渡り、険しい山脈を越えた先にも種子を運んでいくことだろう。

「川の側まで行ってみたいんだけどな」

空良の護衛を頼まれている魁傑に掛け合ってみたが、川の近くは敵の領地なので叶わなかった。代わりにこの辺りの地図を見せてもらった。城の横を流れる川のその先は二股に分かれ、更に行くと、幾本かの支流に枝分かれしていた。

「あの二股は、城からどれくらい離れていたっけ」

魁傑に見せてもらった地図を思い出し、確認のためにもう一度高見台に登ってみようかと、空良が歩き出すと、少し離れた場所で待機していた魁傑が近づいてきた。

「どちらへ？」

「高見台へ行こうかと」

「承知した」

短いやり取りのあと、再びスッと影のように空良の後ろに控える。

空良が考え事をしているときにはさりげなく離れ、何か要望があるときにはすかさず寄ってくる。隼瀬浦にいる頃は、次郎丸と愉快なやり取りをする姿しか見たことがないので、戦地に来て改めて魁傑の優秀な補佐ぶりに感心させられた。

高見台に向けて歩いている途中で、滝川の兵たちに出会った。炊き出しの準備をするため、幾人かで水を汲《く》みに出掛けるところらしい。

空良の姿を見かけると、彼らは気さくに挨拶し、荷車に載せられた水汲み用の樽《たる》を示してみせた。水気の多い土地柄だが、飲み水の確保となると、簡単にはいかない。兵の数は多く、川は敵地側だ。こちらの兵が川に水を汲みに来るのを知った敵方が監視役を置くようになり、水汲みを阻止されてしまった。それ以降は地道に雨水を溜めたり、或《あ》いは一日以上を掛けて遠くまで水の調達に出掛けたりと、苦労していたのだそうだ。

だが、空良が地下水の湧《わ》く場所を見つけ出し、知らせてあげてからは、その必要がなくなった。水脈の上を塞ぐ岩を取り除いたら、すぐさま清水が湧いたのだ。水の匂いを嗅《か》ぎ分けることのできる、空良ならではの発見だ。

「空良さん、今日は雨は降らないかい？」

兵の一人が空良に尋ねてくる。

「明日の朝、霧雨は降りますけど、樽に溜まるほどではないです」

「そうか。じゃあ、やっぱり水は汲んでおいたほうがいいな」

地下水の湧く場所は他にも幾つかあり、各国で時間を決め、争いが起きないように管理している。その他にも雨が降る時間帯や日が射すだろう時間帯も正確に言い当て、食用になる植物の生えている場所も見つけるのが上手く、空良は彼らに大変重宝されていた。

空良のそんな噂は他の軍にも届き、自分たちの陣営内にも水が湧く場所がないかと尋ねられた。魁傑と一緒に、あの大髭の大将ともう一人の陣にも赴き、彼らのために水場を探してあげたのだった。

空良の自然を読み取る不思議な力のことは、広く知られることとなり、周りの態度がほんの少し変わった。空良がいとも簡単に水脈を掘り当てたときには、大髭の大将などは目をパチクリさせ、「妖術でも使ったのか」と、疑いの目を向けたりもしたが、きちんと礼をしてくれた。そのあたりは、流石《さすが》に一国を統《す》べる大将といえる。

初日に空良と高虎のことを揶揄した兵たちも、鳴りを潜めている。もしかしたら、未だ裏では噂話に花を咲かせているのかもしれないが、少なくとも空良の耳には入らなくなった。

勇み足で陣に乗り込み、出鼻をくじかれ落ち込んだ空良だったが、状況は少しずつ良い方向へ向いていると感じる。

「……だけど、松木城を落とす突破口が見つからない」

兵たちの生活が多少楽になったとしても、それで戦に勝てるわけではない。空良がここに呼ばれたのは、そんなことが目的ではないのだ。

滝川の兵たちに別れを告げしばらく行くと、今度は馬を連れた菊七に出くわした。

「おう、菊七、俺の馬を動かしてくれているのか」

高虎や空良たちの前では、武人の言葉を使う魁傑だが、菊七の前では砕けた物言いをするのが新鮮だ。魁傑に話し掛けられた菊七は、「うん」と言ってから僅かに歯を見せたが、すぐ側にいる空良を認めると、口を結び、ぷいと横を向いた。

「……おい、おまえはどうしてそうなんだ。主《あるじ》のご伴侶様だぞ。ちゃんとご挨拶をしろ」

菊七の態度に魁傑が慌てて促すが、菊七は頑なな横顔を見せたまま「だって俺の主じゃねえもん」と言った。

「……っ、またおまえはっ」

拳を振り上げる魁傑を睨み上げ、菊七が急ぎ足で馬を引く。

「もしよろしければ、魁傑さま、菊七さまと一緒に馬の散策に行かれては」

高見台は味方の陣地内だし、魁傑もずっと空良に付きっきりだ。気晴らしもしたいだろうと提案するが、生真面目《きまじめ》な魁傑は、「いや、お供いたします」と、空良のほうへ向き直った。

空良の言葉に、魁傑がやってくるのかと、足を止めて待っていた菊七は、ち、と小さく舌打ちをし、恨めしげな顔で空良を見た。知り合いの誰もいない陣中で、彼も孤独なのだろう。

「菊七さま、申し訳ありません。少ししたら戻りますので、よろしければそのあと魁傑さまとご一緒されては」

空良の気遣いにも、菊七は「別に」と素《そ》っ気《け》ない。なかなか手強《てごわ》い人だ。

「魁傑さまの馬は、泥遊びが好きなのですよ。向こうの少し窪《くぼ》んだ場所は、今泥池になっていますから、連れて行ってあげてはいかがでしょう」

空良の愛馬の谷風も泥遊びが大好きで、よく二人で泥だらけになって遊んだものだ。ここへ来てから遠出もなく、馬も退屈だろうと思っての提案だったが、菊七に噛《か》みつくような顔で「俺に泥にまみれろってか」と言われてしまった。

一つ言葉を発するごとに、辛辣《しんらつ》な返しがくる。魁傑が溜め息を吐き、「まったく……」と首を振った。

「本当にな、菊七。お主ももう少し柔らかい対応というものを学んでくれ。もう二十歳《はたち》も過ぎたのだから」

ほとほと困ったという態《てい》で、魁傑が嘆く。菊七はそんな魁傑を一瞥《いちべつ》し、ツンと顎を上げた。

「やろうと思えばできる。俺は役者だぞ？　それぐらい簡単にできらあ」

「だったらなんで空良殿にはそのような態度を取るのだ」

魁傑の問いに、菊七がこちらに視線を寄越す。

「だって嫌いだから」

「空良殿、お許しを！」

菊七の声を聞くやいなや、魁傑がガバリとひれ伏した。額を地面にめり込ませ、「申し訳ないっ」と絶叫する。

「魁傑さま、どうかお立ちください。わたしは気にしておりませんので」

「ほら、そういうのが嫌味ったらしいって言ってるんだよ。大っ嫌いだ」

「菊七っっっ」

魁傑が叫び、菊七がツンとした顔のままそっぽを向いた。

「親しみやすい振りなんかしてさ。普通は怒るだろ。本当は腸《はらわた》が煮えくり返ってるんだろ？」

「いいえ、そんなことはありません」

最初はけんか腰の菊七に驚き、戸惑いもしたが、魁傑に彼の生い立ちを聞き、空良を嫌う理由に合点したから、まったく腹は立たなかった。それに、魁傑が信頼を置いている仲間だと思うと、悪感情が湧いてこないのだ。

「そういういい人ぶっているところが気に食わない」

そんな空良に、菊七が追い打ちをかける。

「菊七、空良殿はいい人ぶっているのではなく、心底いいお人なんだ。どなたにも優しく、気遣う心根を持っている。現にここでもすぐに打ち解けて、他の国の兵からも慕われている姿を見ているだろう。本当に素晴らしいお人柄なのだ。だからおまえも少しは敬意を払え」

「魁傑さま、どうかその辺で」

高虎に感化されたのか、魁傑が突然空良を賛美し始めるので、慌ててしまう。

「知らないよ。慕われてるんじゃなくて、舐《な》められてるんだろ」

「菊七っ！」

「だって威厳がまったくないじゃないか。だからあんな下の者にまでいいように使われるんだよ。利用されてんのに、ヘラヘラ笑ってさ。そんな人のお供をしている兄貴の姿を見るのが情けないよ」

「俺は喜んでお供をしているのだ。おまえにそのように言われる筋合いはない」

魁傑のキッパリとした答えに、菊七が鼻白《はなじろ》む。

菊七は魁傑の頼みで今回の戦についてきた。懐いていた昔の仲間に手を貸そうと、懸命に働いたことは空良も知っている。実際、ここへ来るまでの行軍は彼のお蔭で最短の日程で来られたし、旅の間も不具合なく過ごすことができた。

それは、菊七が魁傑を慕っているからこそできたことだろう。そんな兄とも思っている大好きな仲間が、空良という自分の気に入らない人間に仕えているのが嫌なのだ。

「あの高虎って男もいけ好かないが、あいつは一応大将然としているから許してやる」

「上から物を言うな」

「あの大将には有無を言わさない威圧感があるが、そっちの人にはそういうものがなんにもない。軽んじてくれと言っているような弱々しさが鼻につくんだよ。昔の兄貴だったら、いいカモだってんで、真っ先に狙ったことだろうよ」

「なっ……。菊七、……おまえというやつは」

「イチコロだろ？　そんな弱っちいの」

「もう黙れ」

「だって仮にも大将のご伴侶様なんだろ？　もっと威張ってくれれば、こっちも倍でお返しするのに、そんな気概もないからつまらない」

菊七の辛辣な言葉は、むしろ小気味よいほどで、空良は彼のよく動く口を眺めていた。本気で怒る魁傑に怯《ひる》む様子を見せず、却って魁傑のほうが翻弄されている。

呆気に取られている空良に気づいた菊七が、「……なんだよ」と、不穏な声を出した。

空良が何を言っても言わなくても、彼はどうしても気に入らないらしい。

「だから俺はあんたに、絶対敬意なんか払わない……っ、いて！」

ゴンッ、と鈍い音と共に、菊七の頭にゲンコツが降った。

「もう行け。行ってしまえ」

魁傑に追い払うような仕草をされ、菊七が再び舌打ちをして馬の手綱《たづな》を引いた。
去っていく菊七を見送ったあと、魁傑が改めて空良に頭を下げる。手は刀の柄《つか》を握ってい
るので、「切腹はなしで」と、押しとどめた。
「いやはや本当に……」
しおしおになって後ろをついてくる魁傑に、空良は「平気です」と朗らかに答えた。
嫌われるのは悲しいが、人の感情はこちらからはどうしようもない。それに、いない者の
ように扱われるよりはよほどいい。あれだけはっきりと自分の意見を言えることが、羨まし
くさえ思う。
「軽んじてくれと言っているような弱々しさ」
空良の態度が周りにそう思わせているのだろうか。
威張ることなどはできないが、高虎の伴侶として、自分はどう振る舞ったらよかったのだ
ろう。
考え事を纏める暇もないまま、すぐに高見台に着き、空良は梯子《はしご》に足を掛け、頂上まで登
った。空は低く、手を伸ばせば届きそうなほどの近さに、雲が垂れ込めている。
菊七とのことは一旦脇に置き、空良は今回の戦のことを考えようと頭を切り替えた。
「なんとなく、何かが摑《つか》めそうなんだけど、よく分からない」
眼下に広がる湿地帯を眺めながら、空良は思考を巡らせた。

梅雨が来る前に、あの場所へ辿り着かなければならない。しかも、単に辿り着くだけでは駄目なのだ。

「あと一月足らず……か」

この地独特の湿り気のある風が、空良の頬《ほお》を撫でていった。

風は、雲は、山は、空良に何を伝えようとしているのか。

今日も松木城は、こちらを窺いながら、静かに佇んでいた。

同じ日の夕方。空良は愛馬谷風を伴って、散策に出掛けていた。

菊七が魁傑の馬の世話をしているのを見て、自分も谷風と遊びたくなったのだ。厩から谷風を連れ出して、その背に乗った。おまえが行きたいところに連れて行ってくれと頼むと、谷風は元気よく疾走した。

風を切って走るのが心地好い。纏わり付くような生暖かい空気を振り切り、空良は谷風と一緒に夕暮れの風を楽しんだ。

「そうだ。おまえ、泥遊びをするか?」

ひとしきり走り回ったあと、空良は谷風を例の泥池に連れて行った。

空良を乗せたまま、谷風が勇ましい足取りで泥を蹴散《けち》らす。谷風と一緒に、空良も泥だらけになった。

泥の上で足踏みをしているうちに、興奮した谷風が跳躍を始めた。三尺ほども飛び上がり、盛大に泥を散らしていく。

「嬉しいのか。ああ、落ちてしまうよ。こら、谷風、わたしが乗っていることを忘れていないか？」

馬上にいる空良のことなどお構いなしに跳ね回る谷風にそう言って、笑いながら遊びに付き合ってやる空良だった。

「もっと早くここへ連れてきてあげたらよかったね。また明日も来ようか」

空良の言葉に反応し、谷風がヒヒン、と嬉しそうに鳴いた。

時間を忘れて泥遊びに没頭していて、ふと視線を感じ、顔を向けると、池の縁に菊七が立っていた。馬と一緒に泥まみれになっている空良を眺め、呆気にとられたような顔をしている。

「あ、こんばんは。そろそろ夕餉の時間ですね」

気がつけば、日は大きく西に傾き、辺りは薄暗くなっていた。

空良は谷風の背中から下り、手綱を引いたまま菊七の側に近づいていった。こちらを見つめる菊七は、未だに驚いた表情をしている。

「泥遊びをしていました」

「……ああ、見れば分かる。ドロドロじゃねえか。野良犬みたいな有様になってるぞ」

随分長い時間泥の上を跳ね回っていたので、空良は頭から被ったように泥だらけになっていた。

「そうですね。楽しかった。明日も来ようって約束したところです」

ね、と谷風の鼻先を撫でる空良を、菊七は奇異な物を見るような目で見つめている。

「……そいつ、難しい馬だろう？　よくおまえの言うこと聞くな」

空良の頬に鼻面《はなづら》を擦り寄せている谷風を見て、菊七が不思議そうな声を出した。

「これはわたしの馬ですから。わたしにはいい子ですよ？」

谷風は空良のもとに来るまでは、暴れ馬として相当手こずらせたらしい。空良に対しても、初めのうちはやんちゃを繰り返したが、すぐに懐き、今は親友と言われるほどにまでなっている。黒毛の魁傑の馬も立派だが、艶《つや》やかな栗毛の谷風も見目が麗しい。

前に空良を追い掛けてきた梟のふくを見たときも、興味深そうな様子をしていたから、菊七はきっと動物が好きなのだろう。たぶん谷風のことも手懐けようとして、苦労したのかもしれない。

「……驚いた。おまえ、馬に乗るの巧《うま》いんだな。こいつ、もの凄く飛んでたぞ？　よく落ちずに乗っていられたもんだ」

辛辣な悪態を吐く菊七は、褒めるときも率直だった。跳ね回る谷風の上で空良が平然と笑っていた姿が衝撃的だったようだ。

「なんにもできないお姫様だと思っていたが。小さい頃から馬に乗ってたんだな」

「乗るのは谷風が初めてで、一人で乗るようになったのは、一年ほど前です」

それまでは高虎と一緒に乗せてもらっていたからそう説明するが、「嘘だ」と決めつけられてしまった。そして恐る恐る谷風に手を伸ばし、ブルブルと首を振られて拒否され、「やっぱり駄目か」と言っている。

「谷風、ちょっと我慢できるかい？　菊七さまがおまえを撫でてみたいんだって」

どうしても谷風に触りたいらしい菊七に、空良のほうから谷風に頼んでやると、谷風が大人しくなった。恐る恐る鼻先に伸びてきた菊七の掌を、谷風が大人しく受け容れる。ブルル、フゥ……と溜め息を吐きながら、菊七に撫でられている谷風を、「いい子」と褒めてやった。

谷風を撫でる菊七は、子どものような顔をしていた。空良を真似て「いい子だ」と宥めているのが、可笑しくも可愛らしい。

微笑《ほほえ》んでいる空良に気づき、笑っていた菊七の顔がシュッと閉じる。

「ちょっと馬に乗るのが得意だと思っていい気になんなよ」

ほんのつかの間和んだと思った空気が、すぐさま元に戻ってしまった。

「いい気になったつもりはないのですが。そんなふうに見えたのなら申し訳ないです」

二人の間の空気が変わってしまったのを敏感に察知した谷風が、菊七の手を拒んで、激しく首を振った。

谷風に突然拒否された菊七は、いつものように「ち」と小さく舌打ちをして、伸ばしていた手を引っ込める。

「そうやってすぐに謝ってくるから嫌なんだよ」

「それは、申し訳な……」

再び謝ってしまい、あっと思って言葉を切った。そんな空良を横目で睨み、菊七が再び舌打ちをしながら下を向く。

「せっかく謝ろうって思ってんのに、あんたがそんなだから……こうなっちまうんだよ」

菊七の言葉を聞き、ここで出くわしたのは偶然ではなかったのだと初めて気がついた。

「謝らなくてもいいですよ。わたしは何も気にしていませんから」

バツが悪そうな菊七にそう言うと、「ほらな、そういうところがさあ！」と、また噛みつかれてしまった。

「わざわざわたしを探してここまでいらしてくださったんですね」

「それは……兄貴が謝ってこいっていうから」

魁傑に促され、菊七は空良に謝罪しようと行方《ゆくえ》を追っていたらしい。

「俺、別に悪いと思ってねえけど」

「はい」

じろりと横目で睨まれた。

「魁傑さまには、菊七さまが謝罪をしてくれたと、ちゃんと伝えておきます」

空良がそう言うと、菊七は「調子狂う」と、大きな溜め息を吐く。

「あんたが嫌いなのは、嘘じゃない。でもまあ、謝る」

「はい」

「ちょっと、言葉が過ぎた。……悪かった」

「いいえ」

短い応酬が繰り返され、菊七が「じゃあ」と言って手を上げた。用事は済んだというように、離れていくのを空良は引き留めた。

「あの、わたしが軽んじてくれと言っているように見えると、菊七さまはおっしゃいましたよね」

引き留められた菊七が、一瞬自分の言葉を思い出すように瞳を上に向け、それから「ああ」と言った。

「だってそうだろ？　あんたはあの三雲高虎っていう若武将の嫁さんなんだろ？　でも全然そんなふうな振る舞いをしない」

菊七は旅役者として全国を回っている。その先々で、高虎の噂を耳にしたのだと言った。

「大勢の武将の中で、あんたの旦那さんの名前は必ず出るわけ。全国でも十本の指に入る若武者だって、評判なんだよ。どんな武人なのかって、みんなで知ってることを披露し合う。

会ったことがあるなんて言ったら、そりゃあもう、その日の主役だ」

魁傑に今の仕事を依頼されたとき、あの三雲高虎の軍の案内役をしたなどという経験は、いい話の種になると、ほくそ笑んだのだと、菊七は言った。

「そのご伴侶様が男の嫁だってことも、恰好の話題だ」

高虎は誰に対しても、空良の存在を隠そうとはしない。噂は瞬《また》く間に全国に広がっているのだという。

「それが、当の本人がそんな有様じゃあ、幻滅されても仕方がないだろ？」

空良の鼻先に指を立て、「俺だって少しは楽しみにしてたんだよ」と言われ、困ってしまった。

「それは……。不甲斐《ふがい》ないことだと思います」

「だろ？　だってかの『鬼神』の伴侶だぞ？　前の戦でも、一番の功績を挙げたのは高虎だって評判だ。そんな武人のお相手なら、どんな鬼嫁かと思うじゃないか」

「ですが、高虎さまの功績は、高虎さま自身が作り上げたものですから、わたしには関係ありません」

「関係あるだろ」

「え……」

菊七は呆れたような顔をして、「そりゃそうだろう」と言い募った。

「あんたが弱いと、あの高虎って武人も弱いってことになるんだよ」

「いいえ、そんなことはありません」

高虎が誰よりも強いということを、空良は目《ま》の当たりにしているし、空良以外の人にも知れ渡っている。だけど菊七は空良の否定を「そうなんだよ」と、更に否定する。

「じゃあ、聞くけどさ、あんたはあの高虎っていう武人の伴侶に、自分が相応《ふさわ》しいと思っているか？」

菊七の問いに、空良は答えることができなかった。

「……わたしは、高虎さまに迎え入れられ、隼瀬浦の人々に救われました。それはとても幸せなことで、感謝しています」

答えの代わりにそう言うと、菊七は馬鹿にしたように笑い、「綺麗《きれい》ごとだ」と言った。

「あんたがお人好しなのは、見てて分かる。歯痒いぐらいだけどな。感謝してるっていうのも、そうなんだろう。でも、そんなことは外の人間にはまったく関係ない。俺があんたを見て、幻滅したっていう評価は、そのまま世間の評価と同じなんだからさ」

他の国の兵士たちは、空良が高虎の伴侶だということを忘れたように気さくに声を掛ける。何故《なぜ》なら、空良がそういうふうに自分を扱ってくれと、周りに言っているからだと、菊七が言った。

「もっとふんぞり返って『俺様はあの鬼神の嫁だ』って威張ればいいんだよ。そしたらあいつらだってあんな態度は取れないし、俺にだってこんなふうに言いたい放題言われなくても済むだろ？」

「そんなことは……わたしは気にしませんが」

「気にしろよ。気にならなくても気にしたように演じろって言ってるんだ」

「演じる……」

それは菊七が役者だからできることであって、自分にはそんなことはできないと思う。菊七は空良のそんな気持ちを見通したように冷たく笑った。

「虚勢は鎧だ」

菊七が言う。

「人を納得させるためには、大きな声と強い態度が必要なんだよ」

山賊の経験を経て、今は役者を生業《なりわい》としている菊七は、人の見る目というものを重視する。どのように振る舞えば、どんなふうに見えるのか。内心で何を思っていても、人は見える範囲でしか見ないのだと。彼にしてみれば、空良は自分で望んで軽く見られるように振る舞って見えるのだと言った。

「兄貴がいい人だと、あんたのことを言ったよ。きっとそうなんだろう」

そう言って、「俺は嫌いだけどな」と、すかさず付け足す。

「あんたがなんでもない身分なら、それでいいんだろうが、あの高虎って人の伴侶だというんだったら、足りねえよ。少なくとも俺はガッカリした」

何も言えずに考え込んでしまった空良の前で、菊七が「あーあ」と、大袈裟《おおげさ》な溜め息を吐いた。

「謝りに来て追い打ちかけちまった。これじゃあまた兄貴にゲンコツ食らっちまう」

「あ、今のことは、誰にも言いませんから」

だから大丈夫だと空良が言うと、菊七は冷めた視線で、「ケッ」と吐き捨てた。

「どうでもいい。俺は思った通りのことを言っただけだから」

用は済んだと言い残し、菊七が去っていった。

大股で歩いていく菊七の、肩に力が入っているように見えるのは、彼も虚勢の鎧を纏っているからなのだろうかと思いながら、去っていく後ろ姿を見送った。


散策から戻ってきた空良を迎えた家臣たちは、泥だらけの空良を認め、大騒ぎをした。

誰かに突き落とされたのか、散策の途中で遭難でもしたのかと、皆で空良の身を案じてくれる。

軍議を終えて一足先に陣地に戻っていた高虎が、そんな空良の有様を見て、大笑いをした。

谷風を連れた空良の出で立ちに、すぐさま何をしたのかを察したのだろう。素早く湯浴みの準備を命じ、空良を陣幕の裏へと連れて行ってくれた。

「随分と豪快に遊んだのだな」

「はい。とても楽しかったです」

湯を沸かしてもらい、大たらいに移されたそれで身体を清めた。高虎も空良に付き添い、濡《ぬ》れた布で髪を拭いてくれる。

「皆さまにいらぬ手間を掛けさせてしまいました」

夕餉の準備に忙しく立ち働いている手を中断させ、自分の遊んだ後始末に奔走させてしまった。

「なに、水はたっぷりとあるのだ。沸かすぐらいの手間はどうということはない。おまえが水脈を見つけてくれたお蔭なのだから、存分に使え」

泥で固まった髪を解《ほぐ》してくれながら、高虎が朗らかに言った。

厩に戻された谷風も、今頃身体を拭いてもらっていることだろう。誰が世話をしているのかと思い、菊七の姿を思い浮かべた。

悪戯《いたずら》好きな谷風に、洗おうとする藁を食まれたり、足踏みで威嚇されたりと、苦労しているのではと思い、空良の顔には、知らず笑みが浮かんでいた。

「どうした？　何か楽しいことでも思い出したのか？」

笑っている空良に、高虎が聞いてきた。

「ええ、そうですね。久し振りの泥遊びが面白かったので」

空良の言葉を疑うことなく、高虎も「そうか」と笑っている。

夫に髪を洗ってもらいながら、空良は先ほど菊七から聞かされた話を思い出していた。

空良が軽んじられれば、高虎も同様に軽んじられるのだということを。

――あんたはあの高虎っていう武人の伴侶に、自分が相応しいと思っているか?

相応しいかと聞かれれば、そうではないと、答えが出る。

高虎は隼瀬浦を統べる領主の息子で、武の才に秀でており、人間性も素晴らしい人だ。

空良のような者を妻として娶《めと》り、こうして夫婦の交わりを持っていることが、奇跡のようで、それだけで他は何も望まないほどに幸福だ。

だから、そんな高虎を支え、より高みを目指すことの手助けができればいいと思っている。

だから今もこうして戦地に赴き、少しでも役に立つことがあればと、日々頭を悩ませているのだ。

旦那さまだけには幸せになってほしい。

空良の大切なお方だから。

たとえ自分が蔑ろにされても、高虎の地位が揺るがないのであれば、どんな苦労も厭うまいと思っていた。

だが、この「自分が蔑ろにされてもいい」という思いが、根本的に間違っているのだと、菊七に指摘されたのだ。

虚勢は鎧だと、菊七は言った。

その言葉を反芻《はんすう》すると同時に、寺泊での夜、高虎が空良に聞かせてくれた言葉も思い出す。

――腹が空いても満腹な顔をする。槍で突かれても蚊が止まったほどの風情を装うのだ。痛がったり苦しがったりする顔を見せてはならない。不安顔をする大将に、誰がついていこうと思うか？

――大将の一番の仕事は、やせ我慢じゃ。

「……どうした？　何を考えているのだ？」

物思いに耽《ふけ》る空良に、高虎がすかさず聞いてくる。

聡い夫は、空良のほんの僅かな変化も見逃さない。

「此度の戦のことか？」

「はい。……それだけではないですが。いろいろなことが重なって、ぐちゃぐちゃになって、よく分からなくなってしまったのです」

小さな発見はあるが、どれも決定的な気づきに繋がらない。あと少しで何かに届きそうな気がするのだが、途中で見失ってしまうのだ。

「たくさんの手掛かりがありそうで、でもどれもそれほど大きなものではなくて、上手く纏まらないのです。思いが散らばって、収拾がつきません」

広大な湿地帯。霧に囲まれた城。雨。城の周りに流れる川。水に浮く種子。水脈に、始終ぬかるんでいる地面。どれも一つの結論に向かっていそうで、だけどどの方向へ向けばいいのかが分からないのだ。

それに加え、また別の思いが渦巻いて、更に思考が混濁する。

先ほどの菊七の言葉がグルグルと頭を巡り、離れない。

「ならば一旦、すべて洗い流してしまうのはどうか？」

「え？」

たらいから汲んだお湯を、空良の肩に掛けながら高虎が言った。

「まっさらに洗い流して、初めから一つ一つ拾い集めてみよ」

「初めから？」

「そうだ。今までのことは一旦すべて忘れて、初心に帰るのだ。今度は丁寧に、以前不要と思って脇に寄せたものも、新たな気持ちで吟味してみるといい。もしかしたら、新しい発見があるかもしれないぞ」

高虎の言葉を聞きながら、空良はたらいに溜まった湯を、両手で掬《すく》い上げた。

「旦那さまもそうすることがありますか？」

「ああ、あるぞ。これをやらなければいけない、あれが大切と、そういうことに固執していると、視界が狭まる。一旦すべて放り投げて、最初から取り組めば、何故気がつかなかったのかと思うようなことに、簡単に気がついたりする。それが割合と重大な気づきだったりするものだ」

掌に溜まった湯は、松明《たいまつ》の明かりを反射して、空良の手の中で赤く光った。


「いいか。くれぐれも気をつけるのだぞ」

本日五回目となる高虎の忠告に、空良も同じく「分かりました」と五回目の返答をする。

谷風と泥遊びをやった翌日、空良は味方の陣地のある高台を下り、敵情視察に出掛けることにした。敵の城を間近で見てみたかったし、城の側を流れる川や、湿地帯の様子も、もう少し詳しく観察したいと思ったからだ。

漠然とした気掛かりは、未だに正体が摑めない。

この土地の風土のことはだいぶ理解した。あと少し、何かのきっかけがあれば、一本の道筋が見えそうな気がするのだ。

初めてここを訪れたとき、空良はあの川が見たいと思った。どうしてそう思ったのかは分からないが、自分のその直感を信じてみようと考えた。初心に立ち返れという高虎の言葉に従い、行動を起こすことにしたのだ。

高台を下りたいと空良が申し出たとき、以前と同じように反対された。ただ見るだけだか

ら、危なければすぐに引き返すからと説得し、それなら高虎と魁傑とその他数人での護衛付きなら許すと、初めは言われた。

大仰な隊列を組んで川へ近づけば、どうしても敵の目に止まり、自由に歩き回れないとは思ったが、致し方がないと諦めたところ、菊七が、地元民の振りをしてはどうかと言ったのだ。

「あの辺りならウグイやハゼが獲れる。今は戦中で鳴りを潜めているが、前に来たときには大勢漁に出ていたし、今だってきっとコソコソ漁に出ている。武装して行くより、そのほうが動きやすいだろう」

菊七の提案により、地元の漁師に扮装して行くことになった。空良のお供には最低限の人数であたることになり、魁傑と、言い出しっぺの菊七が選ばれた。空良と一緒の行動を取るのを嫌がるかと思ったが、意外にも菊七は簡単に承諾した。

高虎も行くと言い張ったが、どう装っても地元民には見えないという空良と魁傑の説得によって、留守番をすることになった。

粗末な着物に股引《ももひき》を穿《は》き、手足、顔に至るまで泥で汚した。手拭《てぬぐ》いでほっかむりをした魁傑は、何処からどう見ても地元の漁師にしか見えなかった。菊七は流石に役者で、扮装に似合った風情を醸し出している。空良に関して言えば、元々が貧相なので問題はない。

それぞれ魚籠《びく》と網などの道具を背負い、出立の準備が整う。

「それでは行ってまいります。大丈夫。危なくなったらすぐに逃げますから」

心配そうな顔をする高虎にそう言って、空良は魁傑と菊七と共に、高台から下りていった。味方側の造った砦を抜け、湿地帯の中へ入っていく。群生している水草に隠れるようにして、川の流れる地域までゆっくりと進んでいった。

「これは……本当に歩くのが難儀ですね」

湿地帯の中を進めば進むほど、泥に足が取られ、僅かな距離を行くにも疲弊した。梅雨入りはまだしていないが、空良がやってきた数日前よりも泥の水分が増している。一足入れるたびに両腕で足を持ち上げるようにしなければ、前に進めない。

「空良殿、大丈夫でござるか？　よろしければ拙者の手をお取りください」

魁傑が手を差し伸べるが、そう言っている本人の足取りも覚束ない。手を取ってどちらかが倒れれば、もう片方も道連れになりそうだ。

空良は履いていた草鞋《わらじ》を脱ぎ、腰に結んだ。裸足《はだし》のまま湿地の中を歩くと、足裏と草鞋の間に泥が入って引っ張られることがなくなり、さっきよりも楽になった。

魁傑と菊七も空良を真似て草鞋を脱ぐ。

「おお、こっちのほうが断然進みやすい」

足が軽くなったところで、更に前へと進む。

城がすぐ近くに見えるところまで行った。ここら辺りになると、泥が膝下ほどまで埋まり、裸足でも容易に先へと進めなくなった。これでは城の近くまで攻めたところで、易々と撃退されるのも頷けた。敵側は黙って相手が近づくのを待てばいいのだ。逆に言えば、敵側もこの湿地帯の中で泥仕合をする気はなく、だから今まで膠着状態が続いているともいえる。

松木城はそんな湿地帯の上に、石を積み上げた人工的な高台を築き、その周りを城壁で囲んでいた。ここからは城壁の向こうは見えないが、高見台から俯瞰《ふかん》で眺めているので、見た目よりも高さがないことは分かっている。

城を左手に見るようにして道を折れ、今度は川に向かって進む。懸念した敵側の監視役には出くわさなかった。水の調達の手段が見つかってからは、こちらの兵が川に近づくことがなくなっていたので、監視の目も緩んでいるのだろう。

この辺りまでくると、水草の背丈がだいぶ伸びてきて、空良の胸辺りにまでくる。種子の浮くこの水草は、至るところに生えていて、ずっと遠くまで草の道を延ばしていた。何処まで広がっていくのかと、草の道を追うようにして進んでいく。

「おい、どんどん勝手に行っているが、方向は分かっているのか?」

先に立って歩く空良に、菊七が声を掛けてきた。

「あんたはここに入るのは初めてだろう。迷って行ったり来たりしたんじゃあ、消耗しちまうぞ」

「大丈夫です。川は向こう側ですから」

「なんで分かるんだよ。水草に突っ込むから、何も見えないじゃないか。もっと前が見える道があるだろうが」

「なに、このほうがこちらの姿が隠れてかえって都合がよい。心配しなくても、空良殿にはちゃんと方角が分かるんだよ。黙ってついていけばいい」

魁傑に言われ、菊七は「はあ？」と、不満げな声を出し、「知らねえぞ」と言いながら、しぶしぶついてきた。

「菊七さま、あと四半刻《しはんとき》ほどで辿り着きます。もう少し頑張って」

「俺の心配してんじゃねえ。だからなんで分かるんだよ」

「草の道が教えてくれますから。この道を辿って行けば、川に行き当たります」

「道なんかねえじゃねえか」

空良には見える草の道が、菊七には見えないらしく、解せない顔をしている。

やがて、空良が通告した通り、川が見えてきた。視界を塞いでいた水草が消え、土が乾いている場所に出た。

さわさわと川の流れる音が聞こえる。湿地帯を抜け、僅かな高地を過ぎると、その下に川が流れていた。川沿いに、貧弱な松の木がポツポツと生えている。川向こうにはまた水草が広がっていた。

「梅雨の時期は、ここから川に流れ込むのですね。でも溜まるのは一時で、すぐにはけるようです」

「見ただけで分かるのですか」

「はい。ほら、向こう岸にここと同じ水草が生えているでしょう。雨期にはここも川と一体となり、向こうにまで種子を運んでいるのです。ですが、ここは僅かに高地になっていますから、雨がやめば水がはけるのです。ここで一旦水を止め、川まで誘導する役割を果たしているのですね」

雨期以外のときには、ここまで水が上がることがなく、だから水草が途切れているのだ。

「川沿いを歩いてみたいのですが」

空良の要望に魁傑が辺りに鋭い視線を巡らせた。

「川沿いでは身を隠しようがありませぬ。危険です」

「ですが、そのために漁師の恰好をしてきたのでしょう？　それに、今のところ、わたしたち以外の人の気配はありません」

空良の説得に魁傑が頷き、先に立って土手を下りていった。

川の幅は広くなったり狭くなったりしながら、山の奥のほうまで続いている。川沿いにちらほらとあの水草が生えている場所があり、時期によって水が何処に溜まるのかを教えてくれた。

川に下りてから一刻ほども歩き、やがて地図で見た二股に枝分かれした場所に辿り着く。

「ここか。思ったほど遠くなかった」

二股の支流は片方がかなり広く、もう片方は小川ほどの細さで、その分水流の勢いが強かった。太いほうの支流の先に、船着き場があり、小舟が数艘《そう》繋いであった。山の道だけではなく、ここからも物資を調達しているらしい。

川の分かれ道をつぶさに調べた。草を摘み、岩を退《ど》かして下にある土を手で掘ってみる。

「……まだ続くのか？　そんなことをして、何が分かるっていうんだよ」

菊七が焦れた声を出した。泥の中を、草を掻《か》き分けて進み、次には延々と川沿いを歩かされ、流石に疲れたようだ。

「まだ何も分かりません」

「なんだよ。それじゃあ疲れ損じゃないか」

「申し訳ございません。少し休息を取りましょうか」

なるべく人目につかない場所を選び、三人で腰を下ろした。

「思っていたよりも早くに辿り着けました。敵にも会わずに済んでようございました」

今日の行軍のために持たせてもらった握り飯を取り出し、三人で分け合いながら食べた。

「隼瀬浦のお山を思い出しますね」

隼瀬浦では、四季の折々に山に行楽に入り、大滝に繋がる小川で休息を取るのが恒例となっている。

「状況はまったく違いますけどな。うるさい小猿も今日はいませんし」

誰かのことを思い出したのか、魁傑が笑顔になった。

「今の魁傑さまの出で立ちを次郎丸様がご覧になったら、お腹を抱えて笑いそう」

ほっかむりに股引姿で、顔を泥だらけにした魁傑を見て空良が笑うと、魁傑が「そうでしような」と、口をへの字に曲げながら笑顔を作るという、器用な表情をしてみせた。

「次郎丸って、あのこまっしゃくれたガキか」

「こら、菊七、そういうことを言うでない」

魁傑に一喝された菊七が首を竦める仕草をする。

「湯を沸かせられれば、松葉のお茶が飲めるのに、道具を持ってくればよかった」

こちらの川辺にも松の木がポツポツと生えていて、枝振りは貧相ながら青々とした若い松葉が茂っていた。あれを水に入れて沸かすと良い滋養になるのだ。食べるものが何もないとき、それでよく凌いだものだ。松は何処にでも生えているし、松葉のお茶で腹を満たせば、一日、二日はなんとかもつ。

空良が残念がると、菊七が笑って「悠長なことだ」と言った。

「物見遊山かよ。お茶よりもっと腹が膨れるもんがいい。蛇とかカエルとか、この辺ならいっぱいいるだろう」

「捕ってくるか？　蛇を食いたいのか」

魁傑が満更冗談でもないように言い、菊七が顔を顰めて「いい」と手を振った。自分から言っておいて、嫌そうな素振りをするのが解せない。そんな顔をしたまま、空良に「あんたは蛇なんか食ったことねえだろ、姫様だもんな」と言った。

「食べますよ。ここなら水が近いので、マムシが捕れるかもしれません。あれを食べたら三日は元気でいられますから」

空良の言葉に菊七がおぞまし気な顔をした。

「あんた、蛇が好物なのか？」

「好物というわけではないですが、普通に食べますよ。前はよく捕まえて食べました」

「へえ、苦労知らずの姫様なのに蛇捕りが得意なのか。面白《おもしれ》えな。そういや昨日も泥んこになって遊んでいたっけ」

「わたしは姫ではありませんよ。男だし、苦労知らずというわけでもないです」

何度も姫、姫と揶揄されて、そんなことはないと反論すると、菊七は例の皮肉げな笑みを浮かべ、「どうせたいした苦労もしてないくせに」と言った。

「菊七、やめておけ。これ以上無礼な口を利いたら、置いていくぞ」

また辛辣な台詞《せりふ》を吐こうとする菊七を、魁傑が先に牽制《けんせい》する。

「置いていかれたって一人で帰らあ。そっちの姫様と違ってな」

また空良のことを姫と呼ぶ。空良が嫌がるのを知っていて、わざと言っているようだ。

「なあ、姫様、本当の苦労ってのは、今日食べるもんもなくて、誰にも頼れず、今日生きられるか、明日は死んでるかもしれないって思いながら、その日を生き延びることなんだよ」

挑戦的な目を向けられて、空良はどう答えたらいいのか分からずに下を向いた。

「ほらな、なんにも言えねえだろ。あんたの言う苦労なんてしょせんその程度のものなんだよ。信頼してた人に裏切られて、逃げ出すしかない経験なんてしたことないだろ？　だから幸せな姫様だって言ってんだ」

「不幸の度合いを競ってどうする。人にはそれぞれの事情があるんだ。おまえばかりが苦労をしたと思うな」

魁傑が菊七を諭した。声音は静かだが、胸が冷えるような冷たい口調だ。

「おまえの事情は知っている。可哀想だったとも思う。しかしいつまでもそれを引き摺っていじけているんじゃない。だいたい、おまえのした苦労なんぞ苦労とも言えないような経験を、この方はされている。おまえは嫌がらせのつもりで自分が苦手な蛇のことを話題にしたんだろうが、えり好みができるのは、まだ余裕があるということだ」

そんなおまえが偉そうに不幸を語るなと魁傑に言われ、菊七の顔色が変わった。

「おまえのした苦労など、たった数年のことだろう。空良殿は生まれたときから、ここへ来るまでの十数年間、ずっと辛い思いをされてきたのだ」

菊七が空良を見た。どういうことだと問うような目だ。

どう答えようかと迷いながら空良が口を開き掛けたとき、魁傑が空良に向かって頭を下げた。

「申し訳ない。個人の事情を訳知り顔で語るような真似をしてしまいました。当人にとっては知られたくないことを軽々しく口にしてしまい……」

菊七を諭すために空良を引き合いに出してしまったと謝り、その場に膝をつこうとする魁傑を慌てて押しとどめた。

「いいのです。本当のことですし、わたしは今、とても幸せなのですから」

「しかし……」

「辛い思いといっても、自分でよく分かっていなかったのですから、なんともないですよ。隠すつもりもありません」

菊七は魁傑と空良のやり取りを、解せない顔で眺め、それから焦れたように「なんだよ、言ってみろよ」と、再び空良に視線を向けた。

「わたしは、生まれてすぐに捨てられて、高虎さまに娶られ隼瀬浦に来る前まで、ずっと馬小屋で暮らしていました」

「え……」

母親殺しの忌み子と厭われ、厩番の夫婦に拾われたものの、ほとんど世話をされることなく、ずっと一人で生きてきた。毎日の食料は自分で調達し、大雨や寒気がくれば、それを避ける術を自分で見いだし、耐えていた。周りからはいっそ死を望まれていたのに、図太く生き延びてきたのだ。

「それまでわたしには、名もなかったのですよ。物や人それぞれに、固有の名というものがあることすら知りませんでした」

　空良を見つめる菊七の目が、大きく見開かれていった。

「名がないって……。それでどうやって暮らしていたんだよ」

「名がなくとも暮らしていけますよ。誰もわたしを呼ぶことなどありませんでしたし」

　馬や鳥や牛、花、川、米など、世の中にある幾多の種類のうちの、自分は「忌み子」というものなのだと思っていた。

　空良がそのことを高虎に話したとき、高虎は憐れを見るような顔をした。そのときは、どうしてそんな顔をするのか分からなかった。あの頃の空良は、それまでの生活が当たり前で、自分の境遇を憐れむことさえできなかったのだ。

「菊七さまの経験したご苦労も、少しですがわたしにも分かります。空腹は、本当に辛いことですから」

　松葉のお茶も、空腹を凌ぐために工夫をした結果だ。蛇やカエルだって、川に飛び込んで必死に捕った。松ぼっくりの実を煎《い》ったものはおやつだった。どんなときにも、これは食べられるか、食べられないかを見極めなければならなかった。毒草を食べて腹を壊したことも幾度もある。そのうち、見ただけで区別ができるようになっていった。

　すべては生き延びるための処世術で、そうやって空良は自然を味方につけていったのだ。

「空良殿は、目の前が草で覆われて方向を失っても、真っ直ぐ川へと辿り着ける。水脈をいとも簡単に掘り当てたのを、おまえも知っているだろう。この方の特殊な才は、これまでの壮絶な経験から身についたものだ。おまえはそれでも、苦労知らずと空良殿を誹《そし》るのか？」

菊七は何も言わず、絶句したまま空良を見つめた。

「世の中にはおまえが想像もできないような人生を送っている人は大勢いる。それを儚《はかな》んで自滅する人もいれば、空良殿のように立派に乗り越え、自分の糧にされる方もいる」

少しは見習えと、魁傑が菊七に説教をし、空良はそんな大仰なものではないと、笑いながら魁傑を止めた。

「そんな目に遭ったのに……よくそんなふうに笑えるな。絶望したりはしなかったのか？」

「生きるのは毎日のことですから、そんなことを考える暇もありませんでした。辛いとも、苦労だとも、何も思わないでいたのです」

その日を生きるのに精一杯で、自分を不憫《ふびん》だと嘆く余裕もなかった。高虎に出会い、隼瀬浦での暮らしを知って、初めて過去の自分の境遇に思いを馳《は》せたのだ。

「今が幸せだからこそ、過去を振り返って、ああ、あの頃の自分は可哀想だったなと思うことができました。わたしは幸せです」

菊七が、笑っている空良を凝視する。怒っているような、泣くのを我慢しているような、複雑な表情をしたまま、空良を見つめ続ける。

「……俺には分からない。だって、そんな目に遭って、なんで……俺は、俺だったら……」

菊七が話を続けようとするのを、不意に魁傑が腕で制した。鋭い目つきで、辺りの気配を注意深く探っている。

一瞬にして緊張が走った。

「何者かがこっちを窺っている。川の向こう岸だ」

魁傑が視線を動かさないまま言った。切迫した口調に反して、のんびりとした動作で握り飯を口に運ぶ。

「敵の監視役でしょうか」

「恐らく。人数までは分かりませぬ。空良殿は探れますかな」

空良も魁傑に倣って努めて平静を装いながら、魁傑の示す方向の気配を探る。

「多くはないです。……二人ですね」

「人数まで分かるのかよ。俺には人の姿さえ見えないぞ。本当に敵がいるのか？」

魁傑と空良のやり取りを聞いた菊七が、自分も声を潜めながらそう言った。

「菊七、キョロキョロするんじゃないぞ。二人か。それなら拙者一人で片付けられます。速やかにここを立ち去り、追ってくるようなら菊七と共に走って逃げてくだされ。あとはお任せを」

魁傑が懐《ふところ》に忍ばせた短刀を確かめるように手で押さえ、それから自作の目潰《めつぶ》しの粉を空良と菊七に託す。

逃げる算段を打ち合わせ、何事もないように帰り支度をし、立ち上がった。川沿いを下っていく空良たち一行を、向こう岸の二人も追ってくる。

「……尾行が下手《へた》ですな。こちらから丸見えではないか」

魁傑が言う通り、ちょぼちょぼと生えている松の木の蔭に身を隠し、こちらを追う姿が見え隠れしていて、気づかない振りをするのが難しいほどだ。

急ぎ足にならないように川を下る。湿地帯まで辿り着いて、水草に紛れて散り散りになれば向こうも追い切れないだろうが、そこまでの道のりは長い。更に途中で応援を呼ばれたら、魁傑一人ではきついかもしれない。魁傑もそれを懸念しているのか、前を行く背中がピリピリしていた。

「父ちゃん。今日の晩飯は豪勢だな。母ちゃんが喜ぶ」

不意に、菊七が明るい声で魁傑に話し掛けた。空良にも「な！」と笑顔を向ける。

「ここ最近ろくなもん食ってねえから、母ちゃんの機嫌も悪かっただろ？　これで仲直りだな、父ちゃん」

父ちゃんと呼ばれてしまった魁傑が、「あ、ああ」と、ぎこちなく相槌《あいづち》を打つ。

「仲直りしたからって、また赤ん坊をこさえんじゃねえぞ、父ちゃん。俺はもう弟も妹も面倒みるのはうんざりだ。なあ、おまえもそうだろ？」

今度はこっちに話を振られ、空良もワタワタしながら「うん……」と、頷いてみる。

「今日、一番魚を獲ったのは俺だって、ちゃんと弟たちに言うんだぞ」

「うん。言う」

「だから一番でっかい魚は俺んだ」

「一番でっかいのは、と、父ちゃんが獲ったんだろう？」

菊七の話に合わせた空良にまで「父ちゃん」と呼ばれた魁傑が、目を見開き、「お、おぅ、そうだ」と、しどろもどろになった。

「父ちゃん、一番でっかい魚は俺が食ってもいいよな」

「駄目だよ。父ちゃんが獲ったんだから、父ちゃんのものだ」

菊七の即興の芝居に乗じながら、空良も調子が出てきた。わざと「父ちゃん」と呼んで菊七と二人で魁傑に纏わり付く。

疑似家族を演じるうちに楽しくなり、自然な笑みが浮かんだ。菊七は流石に役者なだけあって、家族思いで陽気な兄役にはまっていた。魁傑だけが、役にはまりきれずにギクシャクしているが、かえって朴訥《ぼくとつ》な漁師の風情が醸し出されるのだった。

喧嘩《けんか》をしたり、笑い合ったりしながらのんびりと川沿いを行くうちに、ふっと、自分たちを追い掛けていた気配が消えた。どうやらこちらに対する不審が消え、立ち去ったらしい。

敵の追跡が消えても、菊七は疑似家族の演技を止めず、湿地帯に到着してからも、魁傑に

じゃれついている。

「父ちゃん、石ころ踏んじまった。痛いよ」

「我慢しろ」

「おんぶしてくれよ」

「馬鹿を言うな。……それにしても、普段は俺のことを兄貴と呼ぶくせに、どうして今だけ父ちゃんなんだ」

魁傑が不満そうな顔で言い、空良も笑い声を上げる。

「ですが、父ちゃんのほうがしっくりきます」

「空良殿まで……」

「おい、二人とも、親子の言葉遣いじゃなくなってるぞ」

「そうでした。あ、そうだった」

空良が言い直すと、菊七は「よし」と笑って、「どうせなら呼び名を決めるか」と言った。

「じゃあ、おまえは今から『そら吉《きち》』だ」

「そら吉……」

「そうだ。そら吉、おまえも父ちゃんにおんぶしてもらえ」

「いやいやいや！　高虎殿に殺されてしまいまする」

「ほら、父ちゃん、言葉！」

「お、おう。では、そら吉、……おぶさるか？」

「父ちゃん」

「いや！　今のは忘れてくださ、……くだ、……がっ、は」

「父ちゃん下手くそすぎるだろ」

「菊七、おまえ、覚えてろよ」

「やなこった！」

湿地帯を抜けて、味方側の砦に辿り着き、心配顔の高虎に迎えられるまで、三人の芝居は延々と続いた。


その日、空良は再び軍議の席にいた。松木城を望むこの高台に到着してから、八日目のことだった。

初日同様、甲冑に烏帽子姿で、四国の大将の前に座っている。今日は魁傑もこの場に参上し、空良と高虎の後ろに控えていた。

松木城攻略について、思いついたことがあるのだと時貞に掛け合い、軍議を開いてもらったのだ。

「提案があるとか。まあ、聞こうじゃないか」

緊張して硬くなっている空良に向けて、大髭の大将が話を促した。彼の正式な名は、伏見《ふしみ》玄徳《げんとく》といった。もう一人の大将は、原重右衛門《はらじゅうえもん》だ。

この八日間で、空良が水脈を見つけるという働きもあり、二人の態度は多少軟化していた。以前感じた、斬り殺そうとするような殺気は発していない。

それでも軍議となると、戦についてまったくの素人《しろうと》である空良には信頼を置いていないのは明らかだ。高虎の伴侶で、三雲時貞の義理の息子である空良に一応の敬意を示すために、我慢してこの場にいるという風情だった。

「申してみよ」

再び促され、話そうと思うが、なかなか声が出なかった。強くあろうと心に決めても、おいそれとは自分の弱さを克服できないでいる。

伏見がトントンと、自分の膝を指で叩《たた》いた。黙っている空良の様子に焦れたらしい。短気な性格が窺えた。

「妙案があると聞いたが？　早う申してみよ」

三度促され、空良は意を決して口を開いた。

「水攻めを」

空良の声に、伏見の指の動きが止まった。

しばらくの沈黙のあと、伏見が大きく溜め息を吐いた。隣の原も首を横に振っている。

二人の顔にはあからさまな落胆の色が見えた。呆れているようにも見える。

「何を言うのかと思えば水攻めとは。……失礼する」

「まずは話をお聞きください」

立ち上がった伏見を引き留めるが、聞く耳を持たないというように、外へ出ようとする。

「お待ちください。お話はまだ終わっていません」

しつこく引き留める空良を、伏見が睨んだ。鋭い眼光は威嚇だ。射殺《いころ》されそうな視線に、一瞬ヒュッと心の臓が縮み上がるが、空良は再び「お話の続きを」と、座を示した。

「話など聞くまでもない。水攻めなど、荒唐無稽《こうとうむけい》もいいところだ」

「何ゆえ、何も、……話さぬうちに、荒唐無稽とおっしゃるのですか」

つっかえながらも空良が反論すると、伏見はギロリと空良を見返した。視線が合うたびに俯きそうになるのを必死に堪《こら》え、顔を上げ続ける。

「聞かずとも分かるわ。我らはこれまで幾百となく戦を繰り返してきたのだ。湿地帯であるとはいえ、山を背に持つ盆地だぞ。どうやって水で攻めるというのだ。馬鹿馬鹿しい」

捨て台詞を残し、尚も出ていこうとする伏見を、空良は精一杯の大声で呼び止めた。

「話も聞かずに席を立つなど、無礼ではありませんか」

伏見の足がピタリと止まり、剣呑《けんのん》な面持ちで振り返った。

「伏見殿、そう短慮を起こさずに。とにかく一度は聞こうではないか。採用するしないは別として、何か新しい突破口が見つかるやもしれませぬ」

荒れた場を収めてくれたのは、滝川重之だった。もっとも、彼の口調も空良の提案に興味を示しているわけではなく、儀礼上、聞くだけ聞こうという態だ。原は眉間《みけん》に皺《しわ》を寄せ、目を瞑《つむ》っている。

滝川に諫められた伏見が、席に戻った。音を立てて座り直すと、顔を顰めて腕を組む。言動のすべてで空良を威嚇しようという意図が見えた。高虎と時貞は、無言でいる。

「梅雨に入る前に決着をつけるのではなく、梅雨を待つのです」

「馬鹿な」

「あと半月ほどで梅雨に入り、大量の雨が降ります。その雨を利用して、松木城を水に沈めるのです」

「雨ごときで城一つを沈められるものか。だいたい、水を利用した城をわざわざ築いているのは向こうなのだぞ。雨が降り注げば、それこそ湖上の砦となり、味方の兵が辿り着けなくなる。こちらが不利になるだけではないか」

「水だけで攻めるので、兵が突入する必要はありません」

伏見が大きく目を見開き、それから当てつけるように溜め息を吐いた。

「そんなことができると思うてか。海もなく、川に挟まれてもいない土地だぞ。そんな策略がまかり通るものか。失敗するに決まっているではないか」

「伏見さま、まずはお話を……」

「滝川殿の顔を立て、黙って聞いておれば、状況を鑑《かんが》みもせずの空論を吐くとは」

「ではもうしばらくの間、黙ってお聞きください。説明がまったく進みません」

「……なんだと？」

伏見を纏う空気が変わった。初日に見せたあの殺気を、空良に放ってくる。恐ろしい形相に息を呑むが、負けるものかと、空良も強い視線を送った。

「反対するのであれば、まずは話をすべてお聞きになってからなさってください。失敗するという根拠も、是非にお聞かせください」

空良に反撃された伏見は、カッと目を見開き、ますます強い殺気を放ってきた。武勲も挙げたことのない小僧が、自分に刃向かうのかという気概が伝わってくる。

「……随分と生意気な口を利くではないか。己が何者か理解していないらしい」

「理解しております。わたしはここにいる三雲高虎の妻で、総大将、三雲時貞の息子でございます。わたしは義父に代わり、今この場でお話ししているのです。わたしに対する冒瀆《ぼうとく》は、義父時貞、夫高虎をも冒瀆する行為にございます」

空良の強い口調に、伏見の表情が俄《にわか》に変わった。

「……まずは口を挟まずに、どうか最後までお聞きください」

未だ憤りの態を崩さず、それでも伏見が押し黙る。空良は大きく一つ息を吐き、「それではご説明いたします」と告げ、魁傑に頼み、地図を広げた。

空良の提案する計略は、梅雨の大雨を利用し、松木城を完全に水没させるというものだ。

そのためには、城の横を流れる川を堰《せ》き止め、人為的に氾濫《はんらん》を起こさなければならない。

「川を堰き止める？　そんな大普請をするというのか」

「こちらをご覧ください」

地図の上にある川の、二股に分かれた箇所を示し、「ここと、湿地帯を抜けたここの二箇所に堤を造ります」と言った。

湿地の土壌の具合を調べ、川周りを自ら歩き回って最善の場所を見つけた。広大な湿地帯の中、水草が途切れ、乾いた土が見えている箇所があった。その場所が今回の計略の重要な分岐点だ。

「ここは、あの広大な湿地帯で、水のはけ口の役割を果たしています。どれだけ大雨が降ろうとも、溢《あふ》れることなく川へ水が戻るようにできているのです。ですから、このはけ口を封鎖します」

水の逃げ場がなくなれば、あとはどんどん溜まっていくだけだ。砦も城壁も越え、大量の水が松木城の内部に入り込む。

「堰き止める作業は向こうに気取《けど》られないように、夜間、もしくは未明に行うのがよいでしょう。まずは基礎を築き、梅雨に突入し、大雨が来る前日に、一気に仕上げてしまうのです」

「そんなことは不可能だ」

空良の説明に、今まで一言も口を挟まなかった原が横槍を入れてきた。

「前日に仕上げるというのは無謀だろう」

「一時川の流れを変えるだけなのですから可能です」

二股の支流のうち、細いほうを堰き止めればもう片方が嵩を増し、雨が降ればすぐにも溢れ、逆流する。湿地帯を抜けた水のはけ口となっている箇所の幅は約一町分、六千五百人の兵が総勢で掛かれば容易に完成できる。この二箇所を塞ぐだけで、水は行き場をなくし、暴れ出す。その上で時期を見て、堤防の一箇所を崩すのだ。

「勢いを増した水が、城に向けて一気に流れ、呑み込みます」

どのように水を誘導し、崩壊させるのかを地図の上で指し示す。空良の指の動きを、伏見と原、滝川が真剣な面持ちで追っていった。

「道理は理解した。しかし、堤を築くのが可能でも、問題がある。大雨が降る正確な期日が分からない」

「分かります」

即答する空良に、皆が絶句した。

「毎日の作業は、交代で数人ずつ各国から派遣してください。進捗《しんちょく》はその都度お聞きし、調整いたしましょう。前日の工事は、事前に工程を説明し、速やかに作業が進められるよう、徹底していただきたい」

淀みなく説明を続ける空良に、今は誰も口を挟む者はいなかった。空良の示す地図を目で追いながら、唸り声を上げている。

「空良は、我が国の灌漑事業に於いての重要人物だ」

今まで黙っていた高虎が、初めて声を発した。

「自然の理を、誰よりも正確に把握し、利用する才がある。その土地に長年住む者よりも、詳しく摑むことができるのだ。彼の助言により、我が国の氾濫の頻度が明らかに減った。昨年の大干ばつも事前に予見し、事なきを得た。貴殿らもここで、彼が易々と水脈を見つける様を目の当たりにし、その恩恵にあずかっているではないか」

高虎の言葉に、伏見と原が同時に顔を上げ、空良を見た。

「空良の予見は信用に値する」

確信を持った高虎の声が、軍議場の中に響き渡った。

「いかがでしょうか。ご質問があれば、なんでもお答えいたします」

明朗な空良の声に、大将たちは互いに顔を見合わせた。「うーむ」と唸ったあとに、再び地図に視線を落とす。

「これは……、しかしなんという……」

「よくもこのようなことを考え出したものだ。だが、今となっては、これ以上の妙案はないように思う。天候を確実に予見できるというのであればの話だが……」

「確実に予見してみせます。どうかわたしを信用してください」

空良のキッパリとした声に、各大将が空良を見つめ、それから息を吐いた。先ほどの呆れや当てつけではない、感嘆の溜め息だ。

梅雨に入る前に決着をつけるという各国の思惑を、根本から覆した空良の提案に、周りは反論の言葉を失ったようだ。

これを思いついたきっかけは、高虎の言葉だった。すべてを流してしまい、初心に帰れと高虎は言った。固執すれば視界が狭まる。無から始めれば新しい道が見えることもあると。

「そうなると、敵の目を誤魔化《ごまか》す手立てがいるな」

作戦の大筋が決まると、あとはどう成功させるかの協議に入る。

「決行まではあと半月ばかりの猶予があるのだな。別の場所で派手な工事でも行ってみるか。いや、いっそ撤退の準備をしていると思わせるような画策はどうだ?」

堤防を築くと同時に、兵糧の調達を遮断する計略や、新たに噂を流し、敵の目がこちら側の作業に向かないように誘導するなど、様々な案が飛び出し、軍議が活気づいた。

空良の提案から派生した軍議は長い時間続き、軍議場を出る頃には、夕方になっていた。

外に出ると、いつも身体に纏わり付くような湿気を含んだ風が涼しく感じられた。それほど軍議場は熱気に包まれていたのだ。

「空良。よくやった」

空良に続いて軍議場から出た高虎が、労いの言葉を掛けてくれた。

「立派だったぞ。そなたに任せてよかった」

「はい。頑張りました」

今日、軍議に赴くにあたり、空良は計略の詳細を、予《あらかじ》め高虎たちに告げていた。本当なら、時貞が初めから説明をしていれば、空良が口を出すよりも、軍議はすんなりと進んだだろう。だけど空良のほうから、自分の口で説明したいと願い出たのだった。

高虎や時貞の後ろに隠れ、軍議の行方を見守るだけなのは、嫌だと思った。自分の考えた策略を、自分の口で説明し、自分の力で賛同を得たいと思ったのだ。

労うように高虎が空良の肩に手を置いた。鎧の上からは高虎の体温が伝わるはずもないが、手を置かれたその場所が熱いと感じた。

その途端に身体が震えだし、空良は両手を握り、自分の胸に持っていく。

「どうした？」

「なんだか、今頃になって震えがきました。……怖かった」

伏見のあの刃のような視線と怒号。原の冷めた態度。滝川でさえ、心底空良を信頼し、応援していたわけではなかった。

逃げ出したい恐怖と戦い、皆の前に出られたのは、自分の後ろに高虎と時貞、魁傑たちの

姿があったからだ。

三雲の代表として意見を言うのだ。情けない姿は見せられないと、あらん限りの勇気を振り絞って挑んだ。

「本当によくやった。今日ほどそなたを誇らしく思ったことはない」

ガクガクと震えている空良の肩を擦りながら、「そなたは三雲の誉れだ」と、高虎が優しい眼差しを向けてくれるのだった。


空良が軍議に参加してから半月後の未明。

重くたちこめた雲の下に、広大な湖が出現した。

空良は高見台から眼下を望む。見えるのは、一面の水と、城の先端が波の合間に見え隠れする光景だ。

空良の提案による水攻めの計は、周到な堤防建築と、完璧な天候の予見が合わさり、見事成功を収めた。

難攻不落と呼ばれた松木城は今、湖と化した湿地帯の中に沈んでいる。

地面と川との境界線がなくなった湿地帯に小舟が浮かんでいた。海があるわけではないので、今浮かんでいる数艘は、川で使っていたものを辛うじて引き寄せたのだろう。

梅雨の入りと共に、大雨が丸二日間降り続いた。

一日目は、松木城の兵が、物見櫓《やぐら》から川の様子を眺めていた。例年よりも水の上がりが速いとは察したようだが、多少の浸水など茶飯事の彼らは、のんびりとしていた。それよりも突然の大雨に新興国軍が急いで撤退の準備をしている様に気を取られた。

二日目には、水は城壁すれすれまで上がり、人海戦術で外へ水を掻き出している人々の姿を見た。その頃にはトカゲや蛙、蛇などが、城からこちらの高台へと渡ってきた。この先に起こることを察知し、兵たちよりも先に、城を捨てたのだ。

そして三日目の夜が明ける前に、松木城は天守を残すことなく、完全に水没した。

荷物の持ち出しも間に合わないまま、ほとんどの人が城に取り残された。重い武具を捨て、水の上に顔を出すのが精一杯といったところだろう。背後に立つ山まで逃げおおせた者たちは、待ち構えていた新興国軍によって、皆捕らえられた。

次第に明るくなっていく中、小舟の上に旗がはためいているのが見える。無印の白旗は、降伏の印だ。

三雲軍を含む新興国の四国連合軍は、本日一人の兵も失うことなく、勝利を収めた。

相手の降伏を見届けた空良が高見台から下りると、各大将の命令の下、兵たちが次の作業に向かっていた。敵側の降伏を受け、一度築いた堤防を今度は破壊し、再び川に水を誘導する作業に取り掛かるのだ。

道具を携え堤防へ向かおうとする兵たちが、高見台から下りてきた空良を見つけ、丁寧に頭を下げた。

「これから堰を壊しに行くのですね。堰を壊せば一気に水が逃げます。足を取られないよう、気をつけてください」

空良の言葉に相手が「承知しました」と再び頭を下げ、走っていく。

「城の様子はどうだった？」

兵たちを見送る空良の後ろから声がした。振り返ると、高虎が笑顔で立っている。

「ほとんど見えませんでした。……なんだか不思議です」

自分で考案した計略だったが、あまりに予想通りに事が運んだことに、まだ気持ちが追いつかない。もちろん、成功は信じていたが、この目で確かめても、なんだか現実とは思えないのだ。

茫然とする空良の肩に手を置き、高虎が「これが現実だ」と言った。

「我々は勝ったのだ。長い道のりだったが、始まってしまえばあっという間だったな。空良、そなたのお蔭じゃ。此度の勝利は、すべてそなたの功績だ」

「そんなことはありませんよ」

「謙遜するな」

「いいえ。本当にわたし一人の力ではありません」

堤防を築くのに身体を動かした兵たちも、空良の意図を正確に汲んで、采配を振った各国の大将も、すべての人の協力があってこそ、成功を収めたのだ。

「だいたい、この計を思いついたのは、旦那さまのお蔭なのですよ」

高虎が驚いて「俺が？」と目を見開いた。

「はい。思考の切り替えの仕方を教えてくれたではありませんか。それまでは、梅雨に入る前になんとかしなくてはとずっと考えていたのです。それが、旦那さまのお話を聞いて、根本に立ち返ることができました」

空良の言葉に、高虎が僅かに首を傾げる。

「そうか。俺が教えたのか」

「そうですよ」

だから空良一人の手柄ではないと言うと、高虎が「そうか、そうか」と言って笑った。

「では三雲全軍の手柄だな」

「はい。そうです」

高虎の言葉によって、今回の計略を思いつき、時貞や高虎、魁傑と相談しながら草案を練った。軍議場に出席した際に、空良を信頼し、後押ししてくれたのも彼らだ。

自分一人では、為《な》し得なかっただろう。

「大手を振って隼瀬浦に戻れるな。次郎丸にもいい土産《みやげ》話ができた」

空良の奮闘ぶりを話して聞かせたら、さぞ喜ぶだろうと高虎が言った。

「阪木などは、泣くのじゃないか？　そなたに特に肩入れをしている一人だから。『でかした』と言って、むせび泣く姿が見えるようじゃ」

「泣きますでしょうか」

「十中八九泣くな」

阪木のむせび泣きの光景を思い浮かべ、笑い転げている空良を見つめ、高虎も笑って「漸く故郷に帰れる」と言った。

「すぐにでも飛んで帰りたい」

そう言って、そっと顔を寄せ「早う二人になりたい」と囁いた。

「いつも一緒におるのに、まったく手が出せぬのは地獄じゃ」

肩を撫でていた手で、空良の頬を微《かす》かに掠《かす》めていく。

どう答えてよいのか分からずに、空良が目を泳がせると、「そなたもそうだろう？」と聞いてくるので、ますます答えが見つからない。

「側にいるのに触れられないのは切ないものだ。のう？」

視線を合わせないように俯く空良の顔を下から覗き込み、「答えろ」と催促する。

「旦那さま、ここは陣中でございます」

「そうだ。だから言葉が欲しいのだ。触れられない分、言葉を聞かせてくれ」

空良を見つめる目が細められ、答えを促す。空良の気持ちは分かっているはずなのに、確かな言葉が欲しいと待っている。

「わたしも……早う屋敷に戻って、……旦那さまに、あの……たくさん……」

可愛がられとうございます……。

最後のほうは聞こえないほどの小さな声になってしまったが、高虎は嬉しそうに笑い、「分かった」と言った。

「どのように可愛がられたいか、よく考えておくのだぞ」

「いえ、そんな……」

「嫁様の希望はすべて叶えたいからな」

なんでもしてやると、心はすでに屋敷の離れに飛んでいるような高虎の表情に、促されるままつい恥ずかしいことを言ってしまったと、耳が熱くなる。たぶん隼瀬浦に戻ったら、今の会話を持ち出して、空良にもっと恥ずかしいことを言わせるつもりだと思うと、言うのではなかったと反省した。

戦が終わったという気の緩みで、知らず自分も高揚していたとみえる。

「楽しみだな。どんな希望を言ってくれるのか。今までになく大胆な要望だと、嬉しいのだが」

「もう、旦那さま、堪忍してください」

つかの間の些細な逢瀬《おうせ》のさなか、敵将が到着したとの知らせが届いた。空良を苛めて楽しんでいた高虎の表情が引き締まる。

「そうか。今行く」

「敵将の処遇はどのようになるのですか？　城に残った兵たちは」

空良の問いに、高虎は「全員切腹だ」と短く答えた。

「長い間の籠城の末の落城だ。城主を筆頭に、家臣、下級武士に至るまで、切腹は免れない」

「全員……」

降伏をしたのに、全員の命を奪うという答えに愕然《がくぜん》とする。自分が計じた水攻めにより松木城は落ち、その結果、多くの命を奪うことになってしまった。

高虎はそんな空良の顔を見て、「仕方ない」と言った。

「敵は抵抗を長引かせすぎた。和睦の交渉を再三申し出たのに拒否したのは向こう側だ。同情の余地はない。これは他の敵方への見せしめのためにも、必要なことなのだ」

これから先の無駄な争いを避けるために、やらなければならないことなのだと言った。

ついさっきまで、空良をからかって笑っていた高虎は、今は別の表情を浮かべている。憤りも憐憫《れんびん》も、勝利の喜びさえもない、ただ前を見据えて前進しようという、武人の顔をしていた。

「これが今の世じゃ。鬼になるしかあるまいよ」

自軍の兵を宝と言い、大切に扱う高虎は、他国の者であっても、決して命を蔑ろにする人ではない。今日のこの決断は、未来により多くの命を守るためなのだ。高虎は今、三雲軍の大将として鬼神という名の鎧を纏っている。

数多《あまた》の命の上に自分の生があることを、空良は今日、胸に刻んだ。


「よう。お手柄だったな」

厩で谷風の身体を拭いてやっている空良に、菊七が話し掛けてきた。

松木城が落ちた日の夕方。雨は止み、梅雨の合間の僅かな晴れのひとときだ。

藁を持つ空良の脇に立ち、ちらりとこちらを見る。菊七の思惑に合点して、「谷風」と愛馬の名を呼び、そっと鼻面を押さえた。谷風が大人しくしているうちに、菊七がすかさず栗毛を撫でる。

「本当に動物が好きなんですね」

「ああ、こいつらは裏切らないからな。嘘もつかないし、俺を陥れたりもしない」

ブルル、と鼻を鳴らしている谷風を撫でながら、菊七が言った。大人びた顔で達観したような口を利く菊七に、空良は笑って「裏切りますよ？」と言った。

「え？」

「背中を見せたら髪を食んだり、突き落とそうとしたり、ご飯を食べたのに、まだもらっていないと憐れを誘ったり、平気で嘘を吐きます」

目を丸くして話を聞いていた菊七だが、そのうち笑い出した。

「そうか。そうだな。動物だってずる賢いやつもいれば、飼い主を置いて逃げ出すやつだっているよな。人間だけが特別あくどいってわけじゃないか」

そうか、そうかと笑って谷風の鼻面を撫でる。

「そういえば、あの梟はどうした？　ここにはいないのか？」

「ふくはここまでは追い掛けてきませんでした。もしかしたら、帰りの何処かで迎えに来るかもしれません」

「そうか」

帰りの道中でふくに会えたら、今度こそ菊七に触らせてあげたいと思い、楽しそうに谷風を撫でている菊七の横顔を覗く。

スッキリとした鼻梁は美しく、目元の泣きぼくろが、冷たく見える表情に艶やかさを与えている。鮮やかな衣装を纏って舞などを踊れば、さぞかし魅惑的だろう。一度菊七の芝居を観てみたいと思った。いつか高虎にお願いしてみようか。

「菊七さまは、三雲の軍には入りませんか？」

「入らない。俺が武人なんかになれるわけがないだろう」

「なれますよ」

「嫌だ」

「そうですか……」

けんもほろろな返答に、魁傑が落胆するだろうなと、菊七のことを自分の弟のように語っていた顔を思い出した。菊七本人には「父ちゃん」と呼ばれていたが。

あのときの三人での珍道中を思い出し、笑っている空良を見て、菊七が「なんだよ」と低い声を出した。怒っているような声音だが、以前のような険はない。

三人で川に行ったあの日以来、空良に対する辛辣な態度は鳴りを潜め、菊七のほうから話し掛けてくれるようになった。

「それより、今回の水攻めの計は、あんたが考えて指揮を執ったというじゃないか。あの城を沈めるなんて、どうやったらあんなことを考えつくんだ？」

「さあ。自然と……としか言いようがありません。水草と川と、あの湿地帯が教えてくれました」

空良の返事に、菊七が呆気に取られた顔をして、「凄いな」と言った。

「あんた、凄いよ。俺はあんたのことを随分見くびっていた。……ええと、その……」

菊七は言葉を探すように視線をあちこちに巡らせたあと、「悪かった」と謝る。

いつか、魁傑に促されて謝りにきたときとは様子が違う。真摯《しんし》な表情を作り、丁寧に頭を下げた。

「あの日、菊七さまと魁傑さまのご協力で、川まで行くことができたお蔭です」

それだけではない。菊七の言葉があり、空良は自分の振る舞いということに考え至り、自分なりに健闘できたのだ。あのときの言葉は、今でも空良の胸の中心に刺さっている。言葉はきつかったが、そのお蔭で空良は確かに変われたのだ。

「そうか。俺も少しは役に立ったか」

そして菊七もまた、空良との出会いが何某かの変化をもたらしたようだ。最初の頃の尖《とが》った雰囲気は消え、今も柔らかい笑みを浮かべている。

「はい。存分に。それに……とても楽しかった。菊七さまは流石に役者さまですね。とても自然に魁傑さまの息子になっていました。でも、突然だったので、びっくりしたのですよ」

「その割にはそっちも興に乗っていたじゃないか。なかなかよかったぞ。魁傑の兄貴はありゃ駄目だ。うちの一座じゃ使いものになんねえな」

「あのときの魁傑さまのお顔といったら」

二人で魁傑を「父ちゃん」と呼び、纏わり付いた光景を思い出し、コロコロと喉を鳴らして笑う空良につられ、菊七も笑い出した。

「確かに楽しかった。兄貴の慌てる顔を拝めたんだから、儲《もう》けもんだ。ゲンコツをいっぱい食らったからな、せめてもの意趣返しだ」

久し振りに魁傑と長い間一緒に過ごせたと、菊七は清々しい顔をしている。

「やはり隼瀬浦に定住しませんか？　向こうで暮らせば、いつでも魁傑さまに会えますし、魁傑さまも安心されると思うのですが。三雲に仕えずとも、あちらで職を得て暮らす方法もありますよ」

文字も読めて、算術もできるのだから、職には事欠かないと思う。魁傑や高虎だって喜んで手を貸してくれるだろう。もちろん空良も協力する。

「いいや。定住はしない」

だけど菊七はあっさりと「この仕事が終わったら、一座に戻る」と言った。

「俺には今の仕事が性に合っている。あそこで頑張ってみるよ。それに、こういうことをしているからこそ、役に立つこともあるだろう？」

旅役者をしながら間者としての仕事もこなす。そういう形で役に立ちたいのだと言った。

「また行軍に出る機会があったら、今度は兄貴の頼みじゃなくても、あんたのことを手伝ってやるよ」

「それは心強いです」

「だろう？　何しろ兄弟役をやった仲だからな、そら吉」

そう言って菊七は、鮮やかな笑顔を作った。

松木《まつき》城を陥落させ、空良《そら》たちが隼瀬浦《はやせうら》に戻ったのは、三雲《みくも》城を出立してから一月半が過ぎた頃だった。行きの強行軍とは違い、帰りはのんびりとした道行きとなる。

空良たちの凱旋《がいせん》は、大袈裟《おおげさ》とも言えるほどの騒ぎを以《もっ》て迎えられた。

松木城陥落の知らせは三雲城にすぐに届けられたが、空良が無事に戻るまで、留守役たちは気が気でなかったらしい。

空良の安否を気遣っていたのは、城の者たちだけではなかった。それは隼瀬浦に住む民全員で、空良たちが里に差し掛かる前から人々が集まり、城下町に入った頃には黒山の人集《ひとだか》りになった。これほどの出迎えは初めてだと時貞《ときさだ》が驚いたほどだ。三雲軍を迎える人々は、皆会心の笑顔で、時貞や高虎《たかとら》、そして空良の武運を讃《たた》えてくれるのだった。

城へ到着すれば、次郎丸《じろうまる》と阪木《さかき》が転げるように走ってきた。阪木などは空良の顔を見ただけで目を潤ませており、高虎に笑われていた。

それからは、このたびの戦《いくさ》の勝利までの道のりを詳しく問われ、延々と話してきかせることになる。

特に空良が同盟国三国の大将らを唸《うな》らせた話は、時貞も高虎も、魁傑《かいけつ》までもが先を競って話したがり、そのうちに段々と大袈裟になっていき、空良を呆《あき》れさせた。

「それはそれは凄《すさ》まじかったのだぞ。かの伏見玄徳《ふしみげんとく》殿が空良の迫力に恐れをなし、涙目になる始末じゃ」

時貞が得意顔で軍議場での出来事を語った。

「伏見玄徳といえば、『伏見の鬼瓦《おにがわら》』と呼ばれているあのお方ですか。目が合っただけで赤子が引きつけを起こすほどの強面《こわもて》という。そのようなお方を空良殿が泣かせたのですか！」

次郎丸が驚愕《きょうがく》の表情で空良を見る。

「いいえ、違うのです、次郎丸さま」

空良の言い訳の声を遮るように魁傑が「いかにも」と話を引き継ぐ。

「『私を愚弄するは、三雲を愚弄すると同義。お覚悟があるのでしょうな』とおっしゃいましてな。あのときの伏見殿の慌てようといったら」

「魁傑さま、わたしがいつそのような物騒な物言いをしたというのですか」

「なに、似たようなものです。空良殿のあの一声で、その場の空気が一変したのですから」

あまりにも大袈裟な話になっていて、空良が助けを求めて高虎に視線を送るが、高虎までもが頷《うなず》いているのだ。

「そうですか。空良様がそのような勇ましいお姿を。私もこの目で見とうございました」

高虎が予想した通り、阪木が「くぅ……」と声を押し殺して目頭を押さえている。

「それからの空良殿の活躍の目覚ましさに、周りは黙って従うだけでしたな。初めのうちは侮られ、随分蔑《ないがし》ろな対応をされ、我々も腸《はらわた》が煮えくり返る思いをしていたものです」

苦々しい顔を作り、陣地に到着したばかりの頃の空良の扱いに対する思いを、魁傑が語った。あの頃、何も言わずに空良に仕えてくれた魁傑は、内心じくじたる思いを抱えていたのだ。

「まことにあれは胸がすく思いでござった」

空良への侮りを、本人の力で鮮やかにひっくり返した出来事は、相当晴れがましいことだったのだろう。いつもの強面の顔をくしゃくしゃに崩し、空良の武勇伝を大袈裟なまでに語る魁傑や、満面の笑みで相槌《あいづち》を打つ時貞、また、そんな話を聞いて涙を流して喜ぶ阪木や、目を輝かせる次郎丸の様子を眺め、自分は本当に周りの人々に恵まれていると、有り難い思いでいっぱいになった。

そして、我が夫高虎も、誇らしげな顔で皆の話を聞いている。妻の誉れは自分の誉れだと、満足そうな表情を浮かべていた。

あのとき怖《お》じ気《け》づいたまま、諦めてしまわずに、勇気を出して挑んでよかったと、皆の笑顔を見つめているうちに、どういうわけか空良の目から涙が溢《あふ》れた。

「っ……！　どうしたのだ、空良」

「分かりません。何故《なぜ》か急に……。ごめんなさい。本当に……うぅ……」

泣きやもうと思うのに、パタパタと音を立てて涙が零《こぼ》れ落ちる。

「空良殿！　拙者《せっしゃ》、調子に乗りすぎました」

「そうじゃ！　魁傑！　お主のせいじゃ。空良殿が困っておったではないか」

「まことに申し訳ない……っ」

いきなり泣き出した空良を見て、一同が慌てふためく。

「何が嫌だった？　ん？　空良、ほら、泣きやめ」

「違うのです。嫌なことなど何もありません」

「それならどうして泣く。正直に言っていいのだぞ？　誰もおまえを責めたりはしない」

謝られ、宥《なだ》められ、気遣われながら、空良の涙は止まらない。

「本当に……、悲しいわけではないのに、涙が止まらないのです……どうしたのでしょう」

しゃくり上げながら、自分でも制御できない激情に戸惑う空良の背中を、高虎があやすように擦《さす》っている。次郎丸は心配そうに空良の顔を覗《のぞ》き、阪木と魁傑は、時貞に命じられて空良のために甘いものを用意しようとあたふたしている。

「自分でも頑張ったなと思ったら、なんだか泣けてきて……、申し訳ありません」

「謝ることはない。そなたは本当に頑張ったのだから」

「そうだぞ、空良。皆、そなたのことが誇らしくて仕方がないのじゃ」

夫と義父が口を揃《そろ》えて褒め称《たた》え、空良は笑いながらまた涙を流した。

そうしているうちに、阪木と魁傑が御台所からありったけの菓子を運んできて、空良の前に広げる。夫がそれらの一つ一つを手に取って、これが好きか？　これはどうだ？　と、空良の機嫌を取ってきた。

「向こうではこのようなものは口にできなかったからな、ほら、食べろ、食べろ。これなど甘いぞ」

義父が幼子をあやすような声を出す。

「魁傑！　今すぐ空良殿の好物の『こんへいとう』を手に入れてこい」

「そんな無茶な！」

次郎丸が空良のために珍しい菓子を取り寄せようとし、魁傑が慌てている。

慰められ、与えられるまま菓子を口にしているうちに、空良の涙も段々と収まり、笑顔を見せられるようになった。甘いものをもらって機嫌が直ってしまう自分が恥ずかしく、どうしてこんな大泣きをしてしまったのか、今になっても分からない。だけど周りの皆が、空良の笑顔を見てホッとした顔をしたから、空良もホッとした。

「こんなことで泣いてしまって、恥ずかしいです」

「よいのだ。空良殿の水攻めじゃな。全員直《ただ》ちに陥落じゃ」

次郎丸がおどけて言い、魁傑が「上手《うま》いことを！」と膝《ひざ》を打った。

魁傑に褒められてふふん、となった次郎丸が「そうだろう？」と得意満面になる。

「我はいつでも良いことを言う」

「ご自分で評価されたのでは台無しですな」

「なんだとう？」

久し振りの二人の掛け合いを聞き、空良は自分が故郷へ帰ってきたことを実感した。日常がここにある。

「そういえば、菊七《きくしち》さまという、魁傑さまの昔のお仲間がいらして」

菊七と魁傑との三人で、敵地に潜入したときのことを空良は語って聞かせた。

菊七は帰りの道中、隼瀬浦に入る随分前に、一人で離脱した。

結局ふくに会わせてあげることはできず、だけどいつか隼瀬浦に一座で寄ったときには、遊びに来るからと約束をした。

「なんと。魁傑が『父ちゃん』役じゃと。それは是非《ぜひ》とも見てみたかったわ！」

空良の話を聞いた次郎丸が目をまん丸に見開き、叫んだ。

「あのときはいやはや……、敵を欺くのに必死の演技でして……、まあ、なんとか事なきを得ることができ、ようござった」

空良のことを語るときとは違い、魁傑が歯切れの悪い口調になる。

「漁師の出《い》で立《た》ちが実にお似合いで、最高の演技でした」

さっきの意趣返しとばかりに、あのときの魁傑の様子を語ると、次郎丸が手を打って喜んだ。見たい見たいと騒ぎ、今すぐそのときと同じ出で立ちになれと魁傑に命じ、そこから再び言い合いが始まる。

「あれはとっておきの秘儀でござるゆえ、易々《やすやす》とは見せられませぬ」

「我が所望しておるのじゃ。速やかに着替えてこい！」

「嫌でございますな！」

「そんな面白いものを我に見せないのは狡《ずる》いではないか」

「狡いとか狡くないとかの話ではござらぬ。あれは咄嗟《とっさ》にての策でござるから」

「よし、次は我がお主の息子役になってやってもよいぞ」

「いや、ご遠慮いたしまする」

「なんだと。我の父親役が不服と申すのか！」

「不服ですな！」

「次郎丸様、この阪木がその役を仰せつかりまする」

「お主では爺《じい》役になってしまうではないか」

「その辺は気合いで乗り越えてみせましょう」

「気合いでどうにかなるものではない」

いつもの二人に、今日は阪木も加わり、三雲城名物の御伽衆《おとぎしゅう》が繰り広げられる。

空良は、ついさっき大泣きしたことなどすっかり忘れ、高虎と共に、久し振りの故郷で、楽しいときを過ごすのだった。

夜も更けた頃、城を辞した二人は、夫婦の屋敷に帰ってきた。

城では凱旋の宴《うたげ》が催され、二人してほろ酔いの状態だった。長旅のすぐあとでのことだったので、普段はどれほど飲んでも滅多に顔色を変えない高虎も、流石《さすが》にほんのりと頬《ほお》を染めていた。空良に至っては、足元が覚束《おぼつか》なくなるほどだった。それほどの量を飲んだはずもないのに、自分が思うよりもずっと消耗していたらしい。故郷に帰ってきたという安堵《あんど》で、気が緩んだのだろう。

高虎に抱えられるようにして離れに上がり、そのまま縁側に腰を下ろす。ふう、と溜《た》め息《いき》を吐き、火照《ほて》った身体《からだ》を冷やそうと、夜風に当たる。

「こちらでも、とうに梅雨《つゆ》が明けていたのですね。風がすっかり夏です」

空良と共に縁側に腰を下ろした高虎が、空に浮かぶ半月を見上げて「ああ、そうだな」と言った。

「やっぱり家がいい」

トン、と高虎の肩に凭《もた》れ、懐かしい我が家を眺める。

空良たちの留守の間も、屋敷の者たちは毎日手入れをしてくれ、床や柱は磨き抜かれており、月の光の中で黒光りしていた。庭では鉄線花が青紫の花を咲かせている。

「疲れただろう。このたびの行軍は、ご苦労だったな」

二人きりになったところで、高虎が改めて空良を労《ねぎら》った。肩に凭れる空良に腕を回して引き寄せる。

「たくさんのことを学べた戦でした。お供してよかったです。足手纏《まと》いにならずに済んで、本当によかった」

「そんなことは微塵《みじん》も思わない。だが、俺も反省した。おまえを理解し、認めていたはずが、弱い者としてただただおまえを囲い、守ってやっているつもりでいた。なんと傲慢な考えでいたことよ」

空良が何か行動を起こそうとすれば、危ないと言って、まずは反対した。それは空良の可能性を潰《つぶ》す行為だったと言って、謝ってくる。

「そうではありません。どんなときでも旦那《だんな》さまが必ず守ってくださると確信していましたから、安心して我《わ》が儘《まま》が言えたのです。実際に、いつのときも旦那さまは、空良を守ってくださいました」

多くの兵を率い采配しながら、他国の大将との交渉をこなし、その上空良にまで気を配ってくれた。自分のしたことなど、高虎に比べたら、十分の一にも満たない。

「今回旦那さまとご一緒して、空良も旦那さまをますます見直しました。わたしの伴侶は、なんとご立派な武人さまなのでしょう」

誇らしかったと、素直な思いを告げると、高虎が嬉《うれ》しそうに笑った。

「惚《ほ》れ直したか？」

「今までもこれ以上ないほど惚れ抜いておりましたが、はい。もっと、もっと惚れました」

酒のせいなのか、気持ちがすんなり言葉になる。逞《たくま》しい胸に凭れながら、「……大好き」と呟《つぶや》くと、笑んだままの唇が下りてきて、空良のそれに重なった。

「ん……」

月明かりに照らされた端整な顔が、蕩《とろ》けそうに綻《ほころ》んでいる。空良もきっと同じ表情を浮かべているだろう。高虎の唇は甘く、柔らかく、とても懐かしい。

「……ぁ……ん」

離れていこうとする唇を、空良のほうから追った。すぐさま高虎が応え、再び合わさり、舐《ねぶ》られる。

与えられるとますます飢餓が増し、もっと欲しいと思った。久し振りの口づけを、お互いに堪能する。

熱い舌先が口内へと入ってきた。それを迎え入れて搦《から》め捕り、更に奥へと招いていく。肩に回された高虎の腕が、倒れていく空良を力強く支え、着物の帯を解《ほど》いていった。空良も高虎の首を抱きながら身体を浮かせ、高虎の腕の動きを手伝った。

襟元が乱れ、露《あら》わになった肌の上を、高虎の掌《てのひら》が滑っていく。酒の火照りだけではない熱が身体を巡り、昂《たかぶ》りが増す。

「あ、……、あ、……旦那さま」

まだ座敷に上がってもいないのに、高虎が早急な仕草で空良の着物をあばいていった。下《した》穿《ば》きまで取り去られ、ここで事に及ぶつもりなのかと、戸惑いの声を上げるが、高虎の手の動きは止まってくれなかった。

「ん、……あ、あ、……ん、ぅ……」

屋敷の者に気配が伝わるのではないか、声が届いてしまうのではと怯《おび》えるが、一旦火がついてしまった身体は冷めてくれず、高虎の手を追い掛けるように浮き上がってしまう。

「あ……んん」

胸の尖《とが》りを指先が掠《かす》める。背中が撓《しな》り、甘い声が出た。

空良の反応に気を好《よ》くした高虎の手の動きがますます大胆になり、裾《すそ》を割ってきた。太腿《ふともも》を撫《な》で上げ、指先でツイ、と引っかく。

「あ、旦那さま……、そこ……っんぅ、……や」

中心に触れるすれすれのところで止まり、焦《じ》らすようにまた下がっていくので、思わず抗議の声が漏れてしまった。

そんな空良を眺め、高虎が微笑《ほほえ》んだ。

「空良、どうしてほしい？」

「ん……、んぅ……」

太腿の上で掌を行ったり来たりさせながら、高虎が意地悪く問う。

「してほしいことをしてやろう。言ってみろ」

戦で勝利を収めた日、希望はすべて叶《かな》えると約束をした。その約束を今果たそうと、高虎が空良の懇願の声を待つ。

「あ、あ……」

言葉にするのが恥ずかしくて、小さく喘《あえ》ぎながら触ってほしいと訴えるが、高虎が与えてくれない。分かっているくせに、どうしても空良の口から言わせたいのだ。

「空良……」

空良を呼ぶ高虎の声がうわずっていた。欲しがっているのは夫も同じなのだと、こちらを見下ろしている黒々とした瞳《ひとみ》を見つめ返す。

「どうされたいのだ？　空良、……言ってくれ」

蕩《とろ》けるような甘い声が耳に響き、頭の芯《しん》が痺《しび》れた。高虎の声に促され、空良はボウッとしたまま、高虎の腕から逃れ、ゆっくりと立ち上がった。

「空良……」

役割を失ったまま腰に絡《から》みついていた帯を落とし、すでにはだけていた着物を、更《さら》に自ら開いていく。

「あ……、旦那さま。……ここを……」

縁側の柱に身体を預け、触ってほしい場所を、夫の目の前に晒《さら》した。

「ここを、……どうしてほしいのだ？」

露わになった空良の腰を、高虎が抱いた。それだけで身体が反応し、「……んっ、ふ」と、溜め息が漏れる。

屋敷の縁側で、高虎が空良の前に跪《ひざまず》いている。目の前に晒された未成熟な若茎を、愛《いと》おしそうに見つめ、それから空良を仰ぎ見た。

見られていると思っただけで腰が疼《うず》き、中芯がヒクリと跳ねた。蜜《みつ》が湧《わ》き、茎を伝う感触に自分で感応してしまい、腰が揺れる。

「あ、……ぁ、ぅ、ん、……ん、ん、旦那さま、ぁ、ここを……」

喘ぎながら、欲求を伝えようとするが、なかなか言葉にならずに、腰だけがいやらしくうねる。そんな空良の様子を眺めていた高虎が、そっとそこに唇で触れた。

「あ、は……、んん、う……」

触れられたのはほんの僅《わず》かなのに、空良の身体は激しく反応して、そこからタラタラと蜜が零れていく。

「ここを可愛がられたいか」

「ん、ん、……旦那さまぁ……」

唇を噛《か》み、声を殺しながらコクコクと頷く。

「食べてほしいか……？」

空良に問いながら、高虎が舌をひらめかせた。触れるか触れないかの寸前の場所で、舌先が蠢《うごめ》いている。

「あ、あ」

触れてほしい。もっと……。

高虎の舌の動きを恍惚《こうこつ》となって目で追った。足に力が入らなくなり、柱に凭れたままの身体がズリズリと落ちていく。声はもう抑えようもなく、空良の中で最後の糸が切れた。

「……食べ、て」

とうとう懇願を口にする。空良の声を聞いた高虎が、大きく口を開き、呑《の》み込んできた。

「っ……ふ、ん――、っ、んっ、んぅ……」

待ち焦がれていた刺激をもらえて、空良は着物の袖《そで》を噛みながら、上を向いた。

空良の雄茎を柔らかく食《は》みながら、高虎が唇を動かす。ちゅぷちゅぷと水音がした。きつく瞑《つむ》った目の奥が赤く点滅する。

舌でねっとりと舐られ、次には先端を吸われた。新しい刺激をもらうたびに腰が跳ね、しとどに濡《ぬ》れていく。

腰に添えられた腕で引き寄せられると、身体が素直についていった。奥深くまで呑み込まれて、激しく上下される。

「は……、は……っ、ふ、……ぁ、ぁあ、ん、……く、ぅ」

袖を自分の口に押しつけて、声を殺す。屋敷の者に知られるのが恥ずかしいというより、中断されたくないという思いのためだった。

大胆な行為に及んでいる自分に驚くが、漸《ようや》くもらえたという喜びのほうが大きくて、やめてほしくないと思った。

高虎同様、空良もずっと餓えていたのだ。

早く二人きりになりたくて、それが叶ったとたんに辛抱が利《き》かなくなった。

ずっと欲しくて、欲しくて、欲しくて、やっともらえた喜びに、すべてを忘れて没頭する。

褒美のような愛撫に打ち震えている空良を可愛《かわい》がりながら、高虎も声を上げていた。空良を喜ばせる一方で、己も興奮しているのが嬉しいと思った。

硬く瞑っていた目を開けて、空良に奉仕している夫を見つめる。甘い溜め息を吐き、夢中で貪《むさぼ》っている姿が愛おしく、空良は腕を伸ばし、夫の頬を撫でた。

「旦那さま……」

高虎がうっとりと目を細め、空良に撫でられている。

空良からも愛撫を受けながら、高虎が再び深く呑み込んできた。

「あ……あ」

口を塞《ふさ》ぐことを忘れ、空良は天を仰ぎながら、夫の愛撫を受け容《い》れた。

待ち焦がれた夫婦の夜が更けていく。辺りはシンとして、月だけが睦み合う二人の姿を見

つめていた。

吉田《よしだ》から戻ってきてから七日が過ぎた。山からはシンシンと蟬《せみ》の声が降り注ぐ。隼瀬浦に本格的な夏がやってきた。

空良は行楽の準備を整えながら、城に上がっている夫の帰りを待っていた。今日は避暑がてら、あの大滝まで行こうと約束しているのだ。

出掛ける面々は、いつもの通り魁傑と次郎丸、それに孝之助《こうのすけ》とそのお付きを加えた六人だ。迎えを待ちきれない次郎丸が既に来ている。縁側に腰を下ろし、高虎と魁傑の帰りを、今か今かと待ち構えているところだ。

次郎丸のために冷たいお茶を運び、二人で夫の帰りを待っていると、先に孝之助がやってきた。

「次郎丸様、空良様、ご機嫌よう。本日はお誘いいただき、ありがとうございます」

丁寧《ていねい》な挨拶《あいさつ》と共に、孝之助が頭を下げた。次郎丸よりも一つ年下の孝之助は、ここへやってきたときから大人びていて、今日も清々《すがすが》しい青年振りを発揮している。

「おお、孝之助、待っていたぞ。何を土産《みやげ》に持ってきたのだ？　お、団子か。気が利くの」

お付きの人が持っている包みを確認した次郎丸は、それから孝之助の手を取り、縁側へと招いた。空良は孝之助たちのために、再びお茶を用意しようと水屋へ向かう。

「兄上はまだかのう。いつもより、ちと遅いようじゃ」

お茶を運んでくると、表のほうへ視線を向けながら、次郎丸が言った。

「難しい案件などはないと聞いておったのだが」

吉田での戦を終え、三雲はしばらく合戦に参加する予定はない。隼瀬浦の灌漑《かんがい》事業の進《しん》捗《ちょく》も滞りなく、問題が発生したとは空良も聞いていなかった。

「もうすぐ戻られるでしょう。今は日が長いですから。夕方近くになったほうが、涼しいですし」

待ちくたびれた様子の次郎丸にそう言いながら、空良も屋敷の表に視線を向けた。

それから半刻《はんとき》ほども経《た》ったとき、漸く高虎と魁傑が帰ってきた。次郎丸が飛びつくように二人を出迎える。

「兄上、お帰りなさい。だいぶ遅いお帰りでした。孝之助と首を長くして待っておったのですぞ」

「お帰りなさいませ、旦那さま。今冷たいお茶をお持ちします。次郎丸さま、もうしばらくお待ちくださいね」

すぐにでも出掛けたい様子の次郎丸を笑顔で宥め、夫のために三度お茶の準備をしようと水屋に行きかけた空良を、高虎が引き留めた。

「空良、話があるのだ」

座れと言われて、縁側に腰掛ける。次郎丸と孝之助も空良の隣に並んだ。孝之助のお付きと魁傑が、庭に膝をつく。

なんだろうと夫を見上げた。高虎は早朝に出ていったときと変わらず、穏やかな表情をしているが、ほんの少し緊張しているようにも見えた。

何か重大事を告げられるのだなと、その顔を見て察した。次郎丸も孝之助も同じように感じたのだろう、何も言わずに高虎が口を開くのを待っている。

「このたび、新しく領地を与えられることになった」

高虎の言葉がすぐには頭に入ってこず、ポカンとしたまま夫の顔を眺めていると、魁傑が「おめでとうございます」と言った。お祝いの言葉をもらっても、まだ何も響いてこない。

「新しい領地、ですか……？」

「そうじゃ。そこを俺が治めることになった」

「……え？」

「空良、俺は城持ちになるのだ」

去年から続いている大国との戦で、三雲軍を含める新興国軍は、複数の領地を手に入れている。そのうちの一国を、高虎が治めることになったのだ。

「今までの高虎殿の功績に加え、此度《こたび》の戦での采配が、大変評判になっておるのです。連合国総意の下、高虎殿に是非と、先ほどお達しがあり申した。空良殿、高虎殿は一国一城の主《あるじ》となられました。まことにおめでとうございまする」

魁傑が再び祝いの言葉を口にし、次郎丸が縁側から弾《はじ》けるように飛び降りた。

「それは、たいそうめでたいことじゃ。兄上、おめでとうございます」

魁傑に続き次郎丸が祝辞を述べ、孝之助とお付きの人もそれに続いた。空良だけが現実を呑み込めず、茫然《ぼうぜん》と縁側に座ったままだ。

「空良殿、めでたいことじゃ。兄上が城持ちになるのだぞ。して、どの辺《あた》りの領地なのだ?」

次郎丸がはしゃいだ声を上げ、高虎が治めるという領地の詳細を聞いている。

「日向埼《ひゅうがさき》でござる。ここよりもだいぶ南になりますな。海に面し、広大な平野を持つ、豊かな土地と聞いております」

「おお！　空良殿、よかったな！　とても住みやすいところのようじゃ」

次郎丸に笑顔を向けられ、空良もつられるように笑みを返す。よかった、よかったと肩を叩《たた》かんばかりに祝福された。

「では、隼瀬浦を離れなければならないのですか?」

空良の一言に、辺りがシンとする。

突然のことにボウッとしたままつい口をついてしまい、空良はそこで自分の失言に気がついた。

新しく領地を治めるのだから、この地を離れるのは当たり前で、わざわざ口にすることではなかった。せっかくのめでたい知らせに水を差してしまったのだ。

「申し訳ございません。驚いてしまい、詮《せん》ないことを言ってしまいました。旦那さま、おめでとうございます」

縁側から下り、慌てて頭を下げると、高虎は困ったような笑顔を作り、「うむ」と頷いた。魁傑も複雑そうな顔をしている。

「そうじゃ。めでたいことじゃ。これ以上の誉れはないぞ」

次郎丸の笑顔もギクシャクとしていた。

「日向埼か。我は遊びに行くぞ。孝之助も一緒に行こう」

「はい。海の幸を楽しみにしています」

「そうか。海が近いのだから、うんと美味《うま》いものが食べられよう。景色も素晴らしいのだろうな」

空良よりもずっと年下の二人が、場を守《も》り立てようとしている。考えてみれば、孝之助は一人故郷を離れ、今隼瀬浦に住んでいるのだ。それなのに、咄嗟に自分のことだけを考えてしまったのが情けない。

「あちらへ移る準備をしなければなりませんね。いつ頃出立するのでしょうか」

「今、日向埼は領主不在の状態だからな。なるべく早くにと言われている。準備が出来次第の出立じゃ。遅くとも五日後ぐらいまでには」

高虎が治める新しい領地は、隼瀬浦からは休まず馬を走らせても、五日は掛かるという。移住のための移動となれば、その倍の日数を考えねばならず、猶予はないと言った。

「五日……」

戦から帰ってまだ七日しか経っていないのに、もう五日後にはここを去らなければならないのか。

「忙《せわ》しない思いをさせて済まないが」

申し訳なさそうな顔をする高虎に、空良は笑顔で首を横に振った。

「そういうわけで、大滝への遊山《ゆさん》は中止じゃ。すぐにも取り掛からねばならないからな。次郎丸にも、孝之助殿にも済まないが」

「はい、それはもう。そちらのほうがもちろん優先です。一大事ですから」

次郎丸が聞き分けの良い返事をしたところで、魁傑が立ち上がり、急ぎ足で庭を出ていった。これから高虎の持つ兵たちへ移動の旨《むね》を伝え、荷物運びの準備や人足の手配など、することは山ほどある。

高虎も各方面への挨拶回りや、新しい土地の情報も集めなければならず、空良が急いで運んだお茶を一服飲むと、再び城へと戻っていった。

離れの庭に、空良と次郎丸、孝之助とお付きの人が残された。

「五日か。すぐじゃのう……」

さっきまで、はしゃいだ声を上げていた次郎丸は、今はしんみりとしている。

「大滝へはもう行く機会はないだろうな」

高虎が残していった茶器を見つめ、次郎丸が寂しそうに呟いた。たった五日では、とても遊山に割《さ》ける時間は持てそうにない。

「ここで弁当を広げましょうか。お団子も一緒に。みんなで食べましょう」

「おお、それはいい。祝いじゃ。兄上はいないがな」

賄《まかな》い人に頼んでいた握り飯を持ってきて縁側に広げ、お持たせのお団子も並べた。とっておきの果実液も運ばれて、ささやかな宴会が新領主不在で営まれる。

「向こうはここよりもずっと暖かいのだろうな」

お握りを頬張りながら次郎丸が言った。

「雪は降るのだろうか。海に面した土地か。視界が平らかなのだろうな」

「どうなのでしょうね。住む人は、ここの人たちのように温かい方たちだとよいのですが」

「きっと皆親切じゃ。それに、空良殿なら何処《どこ》へ行っても好かれるから、すぐに馴染《なじ》む」

「そうでしょうか」

「きっとそうじゃ。何も心配はないと思うぞ。兄上もいるし、魁傑もおるのだから」

不安がる空良を、次郎丸が明るく励ます。

「そうだ。冬になったら、我は日向埼に行くぞ。寒いここよりも、きっと過ごしやすい」

「ええ、是非いらしてください。美味《おい》しいものをたんと用意してお待ちしています」

「夏もいいかもしれないな。我は海で泳いだことがないのじゃ」

「わたしもないです」

「ならば、我が行くまで修練しておいてくれ。空良殿に泳ぎを教わろう」

「やってみます」

「空良殿はなんでもすぐに上達するからの。ああ、楽しみじゃ」

まだ見ぬ土地を想像し、努めて楽しいことだけを話題に出して、未来の約束を交わし合う。笑いながら語らう全員の胸の内には、寂しい思いが確かにあり、だけどその言葉を口にする者は、誰もいなかった。


時は瞬く間に過ぎ去り、空良たちが日向埼へ旅立つ日がやってきた。

出立の準備を終えて、高虎と空良は、魁傑を伴い、挨拶のために城に出向いた。見送りはもちろん、三雲城の者全員だ。

「高虎、新しい民のために、骨身を惜しむでないぞ。そなたのおおいなる働きを期待している。空良も息子のことを、支えてやってくれ」

隼瀬浦の領主時貞が、旅立つ夫婦へ言葉を送る。

「近いうちに、必ず日向埼に行くからな」

次郎丸が殊更《ことさら》元気な声で言った。

結局、この五日の間、高虎はもちろん、空良も出立の準備に追われ、屋敷の庭でささやかな宴会をしたのが最後になってしまった。

「きっと行くからな。すぐじゃ」

空良たちの日向埼行きが決まったときと同じように、次郎丸は始終明るく振る舞い、大袈裟なほどの笑顔を振りまいている。

「魁傑、向こうで無闇に土地の人と争うでないぞ。そうでなくてもお主の顔はあれなのだから」

「あれとはなんですか。拙者をなんと心得ているのですか」

「無礼者の山猿じゃと思うておる」

「次郎丸様こそ、あまり阪木殿に心労をお掛けせぬよう」

「分かっておる」

「暑いからといって、冷たいものを飲みすぎませんように。夜は布団をちゃんと被《かぶ》るのですぞ。食事は腹八分目を旨に、好物ばかりを所望せず……」

「お主、うるさいぞ。我の乳母か」

別れの間際まで、御伽衆を繰り広げる二人だ。

次郎丸の後ろでは、阪木が腹でも痛いのかと心配になるようなしかめっ面《つら》を作っていた。涙脆《もろ》い人だ。門出に涙は禁物と、顔に力を入れているのだろう。

阪木を除けば、皆明るい顔で空良たちの旅立ちを祝ってくれる。

だけど空良のほうが駄目だった。

見送りの面々の顔を見ているうちに、堪《こら》えようもなく涙が溢れてくる。

「……空良」

滂沱《ぼうだ》の涙を流す空良を、高虎が優しい声で慰める。

「ほら、泣くでない」

「そうだぞ、空良殿。永遠の別れではないのだから。きっとすぐに会える」

次郎丸が空良の背中を撫でてくれた。小さな手の温かさと重みに、耐えきれずに号泣する。

「空良殿はよう泣くようになったのう」

つい先日も、みんなの前で泣いてしまい、菓子を与えられたばかりで、今日はそれよりも大量の涙を流し、次郎丸にまであやされる。

「空良は……ここを、は……、離れたく、ありません」

ずっと胸にしまっていた本心が、涙と共に口から零れる。

「空良殿、それは口にしてはならぬことじゃ」

「だって……」

ここに来て、初めて人の温かさというものに触れた。

隼瀬浦の人々は皆空良に優しくしてくれて、自分はここで生まれ変わり、心から笑い、心から泣くことができるようになった。

高虎は大切な人だけれど、この隼瀬浦も、同じくらい大切なところなのだ。

戦で一月以上留守にする間、ずっと懐かしく思っていた。帰ってきたときには、ああ、やっと故郷に戻ってこられたと、安堵した。空良にとって隼瀬浦は、生まれた場所よりも縁の深い、真の故郷だ。

四季折々の自然に包まれ、鳥も風も雨も雪も人も、すべてが愛しい存在だった。

あの山の小川で、みんなで弁当を食べることも、もうないのだ。雪合戦も、紅葉《もみじ》狩りも、もうできなくなってしまうと思うと、悲しくて寂しくて、涙が止まらない。

「皆さんと離れたくないのです。行きたくない。……嫌です、……寂し、うっ、うっ……」

叶わぬことと分かっていても、行きたくない、嫌だ、嫌だと駄々を捏《こ》ね、周りを困らせる。

「みんなが大好きなのに。行きとうない……、い、行き、とう……な……」

毎日のように遊びに来てくれた次郎丸とも、もう会えない。本当の父のように接してくれた時貞とも、いつでも空良を気遣ってくれた阪木とも、お別れしなくてはならないのが辛《つら》い。

「空良殿……、そんなふうに言うな。そんなふうに言われたら、……我だって……」

空良の背中を撫でていた次郎丸が、ひ、ひ、と、しゃくり上げ始める。

「我だって、本当は寂しいのじゃ。もう、我慢していたのに、うぅ、……ぅううううぅ」

次郎丸の目にも涙がみるみる溜まっていき、最後には「ぅわぁあん」と、声を上げて泣き出してしまった。

抱き合って泣きじゃくる二人を周りは何も言わずに見守っている。

「きっときっと遊びに行くからの」

「はい。空良も帰ってきます」

「きっとだぞ。待っているからな」

二人で固い約束を交わし、高虎に宥められながら、空良はとうとう馬に乗った。

次郎丸が泣き顔のまま手を振った。後ろでは阪木が泣き崩れている。

「魁傑」

名を呼んだ次郎丸が、くしゃくしゃの顔で、「達者でな」と、叫ぶように言った。

「文を送れ」

「承知」

「十行以上だぞ。『息災』二文字の文は許さんからな」

「……努力いたしまする。次郎丸様も、……お達者で」

魁傑の声に、次郎丸が「うん」と、元気よく頷き、泣き笑いの顔を作った。

涙の挨拶が済み、高虎率いる一行が出発した。

城を出ると、今度は隼瀬浦に住む人々が見送りに集まってくれていて、空良はここでも滂沱の涙を流した。あまりに泣いてしまい、一人で馬に乗れなくなって、高虎の馬に移されることになる。

一緒の馬に乗せられながら、いつまでもしゃくり上げている空良の背中を、高虎が優しく擦った。

「ほんによう泣くようになった」

「……申し訳ありません」

「よい、よい。それだけおまえがこの土地を好きだということだからな。父も次郎丸も、それに俺も冥利《みょうり》に尽きる。愛される土地だという証拠だ」

「はい。大好きです」

「これから向かう日向埼も、そのような場所にしような。手を貸してくれ」

洟を啜《すす》りながら頷く空良に、高虎が「期待しているぞ」と言った。

馬に揺られながら、これから頑張ろうと心を新たにしたり、また悲しくなって涙ぐんだりしていると、不意に空良の後ろにいる高虎が「うっ」と呻《うめ》いた。

「どうされたのですか」

驚いて振り向くと、高虎の頭の上にふくがいた。両足で高虎の髪を摑《つか》み、持ち上げようと羽を動かしている。

「こら、ふく。俺が泣かせているのではない。違うと言っておろうが」

空良を泣かせる者は皆敵と見なすふくに、高虎が攻撃されているのだった。

「ふく、違うんだよ。許しておやり。わたしはここを離れるんだよ。おまえともお別れだ」

高虎の頭から空良の腕に移ってきたふくに、言い聞かせる。

「いい子でいるんだよ。それともおまえ、一緒にくるか？」

腕に止まったふくが、空良の声に首を傾《かし》げた。

「どんなところかまだ分からないけど、森や林はきっとあると思うよ？」

あちらでも、鳥の友だちはできると思うが、ふくがいてくれたら心強いと、一緒に行こうかと誘ってみるが、ふくはしばらく空良と一緒に馬に揺られたあと、飛び去っていった。

「あ、行っちゃった」

帰る予定で出掛けたときには、ある程度までついてきてくれたが、ずっと離れる気はないようだ。

「そうか。寂しいけど、ここはおまえの故郷だもんね。時々は、次郎丸さまのところへ遊びに行ってあげておくれ」

二度、三度と、羽を動かし、優雅に飛んでいるふくに向かって、空良は「さよなら」と呼びかけた。

ふくは空良の頭上でくるりと旋回し、やがて自分の住処《すみか》のある山の方角へと消えていった。

隼瀬浦を出立してからちょうど十日目に、高虎の治める新しい領地、日向埼に到着した。

隼瀬浦では夏に突入したばかりの季節だったが、こちらは夏真っ盛りといった気候だった。照りつける太陽も、吹く風も強い。隼瀬浦の山から下りてくる風とはまた違う、初めて経験する風の厚みを感じる。

幾つかの山を越えた先に突然視界が開け、日向埼の平野が広がっていた。水田には青々とした稲が茂り、豊富な水に浸され、元気よく空を向いている。

高虎と並び合って、田園の中を馬で闊歩《かっぽ》する。ちらほらと、人の姿を見かけた。皆手拭《てぬぐ》いで顔全体を覆ったまま作業をしていた。着物から出ている腕も足も真っ黒なのは、泥や汚れではなく、陽に焼けた肌の色なのだろう。

広大な田園の先に海が見えた。

「とても広い……。あんなに遠くまで見通せます。隼瀬浦とは景色がまるで違いますね」

山に囲まれていた隼瀬浦の景色は、視線を巡らせると必ず山が目に入ってきたが、ここは何処までも視界が開け、空と海との境目が分からなくなるほど遠くまで見渡せた。

「なんと……凄まじい」

この世の果てのような景色を眺め、空良は溜め息を吐いた。

平野を抜け、海に向けて進んでいく。

海岸沿いは、険しい断崖が続いていて、その途中途中に、申し訳程度の小さな砂浜が出現した。海岸線に沿うように、松の木の雑木林がある。

比較的広い入り江の奥に、小さな港が見えた。船着き場には大小の船がひしめくように繋《つな》いである。

港の先はまた断崖が続く。途中に一際大きな岩山が海の上に立っていた。注連縄《しめなわ》が掛けられ、海の守り神として祀《まつ》られているようだ。

「空良、日向埼城じゃ。今日からあそこが我らの住まいとなる」

領地と同じ名の日向埼城は、海に突き出すような陸の突端にあった。石垣が築かれ、その上に城が建っている。城から港へ向けて、城下町が扇状に広がっていた。

「あれが、新しいお城。……大きい」

石垣の上には複数の櫓《やぐら》が建てられており、真ん中に大天守があった。それを囲むように低い屋根の建物が並んでいた。海を望む要塞のような立派な城だ。

「三雲の城とは様相がまるで違います」

「ここは恵まれた土地柄ゆえ、石高《こくだか》も高く、よって各国から狙《ねら》われることが多いのだ。そのために、あのような堅牢な城造りとなったのだろう」

実際、大国が治めていた日向埼を新興国が攻略し、高虎が領主として派遣されることになったのだ。

「また戦が起こりますか？」

空良の問いに、高虎は笑って、「起こさぬように尽力しよう」と言った。

「そのためには、しっかりとこの地に腰を据えて、国力をつけねばならぬ。そうなれば、また狙ってくる輩《やから》も出ようが、それを凌《しの》ぐほどの国力をつけるのだ。土地を守り、人を育てる。人が育てば力になる」

父、時貞がしてきたように、高虎は新しい土地で、新しい国を造ると言った。

「強い国を造るぞ」

岬にそびえ立つ天守を望み、高虎が力強い声で言った。

更《さら》に馬を進ませ、空良たちはいよいよ城に入った。

空良たちよりも先に到着していた家臣たちに出迎えられる。馬を預け、広大な敷地の中を中央へ向かって歩いていった。

内部へ入ると、襖絵《ふすまえ》や欄間の彫刻など、華美な装飾が施されており、実に絢爛《けんらん》豪華な城だった。城主の住まいである本丸御殿も、贅沢な調度品で溢れている。高虎はそれらを見て、隼瀬浦から運んできたもの以外はすべて取り払うようにと家臣に命じた。

「暮らしに必要最低限のものだけ残し、すべて売り払え。得た金は兵の住まいの普請に使い、残りは蓄えておけ。毎年豊作とは限らないのだからな」

城を検分し、これからの方針を指示したあとは、休む暇もなく、再び馬を呼ぶ。空良と魁傑を伴って、高虎が城下町へと下りていった。

城下は、城に近い場所には家臣たちの家屋が並び、その先は商店が並ぶ町へと発展していた。馬に乗って城下町を行く高虎を認めると、立ち働いていた町の人々が、次々と地面にひれ伏していく。その様子を見た高虎が、「するな」と言った。

「わざわざ跪かずともよい。これから頻繁に表へ出るのでな。構わず各々の仕事へ戻れ」

高虎が気さくに声を掛けると、地面に突っ伏していた人々が、戸惑ったような顔をして、新しい城主を見上げた。

「空良、港まで行くぞ」

魁傑と空良を伴い、高虎が新しい領地を闊歩する。

町並みは雑多で、空《あ》いた場所に好き勝手に小屋を建て、商いをしているようだ。道幅は狭く、何度も行き止まりに突き当たり、引き返すこともしばしばだった。

港へ行くと、ここでも多くの人が働いていた。高虎を見ると、魚の入った籠《かご》を放りだしてひれ伏そうとするので、そこでも「手を止めずともよい」と、いちいち声を掛けなければならなかった。

港の様子を眺め、そのまま海岸線に沿って進んでいく。そろそろ日が沈みかけ、海も空も、橙《だいだい》色《いろ》に染まっていた。

「二人とも、どう思った？」

海に近づいていく日輪を眺めながら、高虎が言った。

「忌憚《きたん》ない意見が聞きたい」

「恐れながら」

ここまで高虎と一緒に領地を回った魁傑が、口を開いた。

「まだ初日ゆえ、すべてを見たわけではありませぬが、噂《うわさ》に聞いていたものとは、少々印象が違《ちご》うておりました」

平野は広く、海もあり、各国が欲しがる豊かな土地と聞いていた。高虎が日向埼の領地を与えられると聞きつけた他国の者たちは、こぞって羨《うらや》ましがったという。

「しかしながら、城下町の様子では、そのようには見えませんでした」

空良は生まれ故郷の伊久琵《いくび》と隼瀬浦しか知らないが、魁傑の意見に同意だった。

町の造りには秩序がなく、建物も粗末なものだった。なによりも、人々の表情に覇気がないのだ。

皆疲れた顔をして、高虎の姿を見たときには、怯えに近い表情を見せていた。いったいこれまでの領主は、どのような政策でこの地を治めていたのだろうか。

「空良はどう思った。感じたことをなんでもよい、申してみよ」

「はい。とても風が強いと感じました」

空良の言葉に、高虎は風の流れを確かめるように手を翳《かざ》した。魁傑もそれを真似《まね》ながら、「強いですかな」と、呟いている。

二人には、それほどの強さには感じられないようだ。

「確かに風はあるが、隼瀬浦も山風は相当強いぞ。それとはまた別だということか」

「隼瀬浦の風は、旦那さまのおっしゃる通り、山から吹き下ろしてくるものなので、鋭い強さがあります。ここは、それとはまた違い、風量の幅が桁《けた》違いに大きいです」

衝立《ついたて》となる高い山がなく、海からの風が広大な平野の上を一気に吹き抜ける。

「今日のような穏やかな天候で、この風量なのですから、嵐が来たら、それはそれは凄まじいことになると思います。あれを見てください」

海岸線に並ぶ雑木林を指す。

「松の木が多いですが、他の木もほら、みんな傾いでいるでしょう？ あれは、常に強い風が吹き、木が嬲《なぶ》られるゆえ、幹が斜めになっているのです。元はもっとたくさん植わっていたはずですが、歯抜けのようになっています」

たぶんあの雑木林は、暴風を凌ぐために人工的に植えられたのだ。しかし、植えっぱなしで長い期間放置され、多くは根こそぎ倒れてしまったのだろう。

「風の強さは、海岸線の様子を見ても分かります。入り江は極小で、砂浜も少ない。荒い波と強い風によって削られて、あのような景観になっているのです」

空良の話を聞く高虎の顔が、厳しくなっていった。

「ですが、悪いことばかりではありません。土は肥沃で、作物がよく育っています。今日見た田園風景は、見事なものでした」

長く厳しい冬が一年のうちの三分の一近くを占める隼瀬浦に比べれば、日向埼はとても条件の良い土地といえた。

「それだけに勿体《もったい》ない」

「勿体ないとは？」

港の造りも、水田も、自然を上手く利用できていない。風に翻弄されながら、その場凌ぎで対応しているような土地の使い方だ。それは城下町の無秩序な様子と共通していた。

「灌漑事業に於《お》いては、隼瀬浦のほうが断然進んでいます」

あれだけの堅牢な城を建設していながら、その他が杜撰《ずさん》なのだ。

「ここは長い間、領地争いの渦中に置かれ、領主も頻繁に代わったからな。腰を据えた政策が取れなかったのだろう。これは、早急な改革が必要だな」

厳しい横顔を見せ、高虎が言った。

「旦那さまが領主になられたのですから、これからは良くなる一方ですね」

空良の声に、高虎がこちらを向いた。驚いたように一瞬目を見張り、じわじわと笑顔になっていく。

それから高虎が再び海に視線を向け、言った。

「容易ではないな」

言葉とは裏腹に、それはとても楽しそうな声だった。


空良たちが日向埼にやってきて、はや半月が経った。

三雲の一行は高虎を筆頭に、忙しい日々を送っている。

高虎は、日向埼城に到着した初日から変わらず、毎日のように領地を回っていた。城下町へも頻繁に赴き、人々の暮らしの様子などを見て回っている。

空良も高虎と共に領地を回りながら、その合間を縫って城内の調整にも精を出していた。

隼瀬浦から高虎についてきた家臣たちの面倒を見、高虎の健康を気遣い賄いを采配するなど、こちらも忙しい日々を送っている。

今日も高虎と空良は城外へ出向いていた。まずは港を巡り、それから海岸線を視察することになっている。使い方が勿体ないと言った空良の意見を聞き、具体的な改革の相談をするため、馬に乗って出掛けていた。

城から出て城下町を行くと、相変わらず町民が戸惑いの表情を浮かべながら頭を下げてきた。初日に高虎が制してから土下座はなくなったが、オドオドした態度は変わらない。

町の状況を詳しく知れば知るほど、様々な問題点が浮き上がってきた。

「人が容易に行き来できるよう、まずは道を整えることだな」

てんでバラバラに建てられた町並みを眺めながら、高虎が言った。

「これがなかなかすんなりとは行かず、悩ましいところでござる」

高虎の後ろで、空良と並ぶようにして馬を進めている魁傑が、周りに視線を巡らせて溜め息を吐いた。

「道を作るには、まずは建物を退《ど》かさなければなりませぬが、どうにも抵抗が大きいようで」

彼らにとっては長年この状態のまま商いを続けているので、今更改革など必要ないという考えのようだ。移動となれば、その期間は商いができなくなるので、素直には従えないということなのだろう。

「少しずつ工事をしていくとして、その間の保証をしてやらなければならないな」

「財源が限られておりますゆえ、これも悩ましいことでござりまする。第一に、話をしても、不都合はない、このままでいいと言われましてな」

新しい領主に対し、ビクビクしているような態度を取る割には、彼らはこちらからの要望に素直に従わないのだ。

改革を進めるには、領民からの協力が必須なのだが、のらりくらりとはぐらかしては逃げるのだと魁傑が言った。より良い暮らしのためと説いても、彼らは首を傾げるだけで、理解しようとはしてくれないのだった。

日向埼の人々は、生活の変化を望んでいない。

「まあ、まだ半月だからな」

高虎は鷹揚《おうよう》に笑いながら、「焦ることはない」と言う。

城下町を抜けて、港へ着く。

町に比べると、こちらのほうが少しは活気があるようだった。漁師という職柄もあるのだろう、言葉が荒く、端《はた》から見れば怒鳴り合っているようにも聞こえる。

しかし高虎の姿を見ると、今まで荒々しくやり取りをしていた声がやみ、動作がギクシャクし出す。高虎が「変わりなく」と声を掛けても、なかなかそうはできないようだ。

何か後ろめたいことでもあるかのようなコソコソとした態度を取られ、高虎が苦笑した。恐れというよりは、警戒されているような感じを受けた。新しい領主に対し、彼らはまだ心を開いていない。

ここでも高虎は鷹揚な態度を見せ、揚がってきた魚の種類を聞いたり、漁をするにあたり不具合や要望はないかと聞いてみたりと、気さくに話し掛けるのだった。

港の近くには大きな小屋があり、中は市場になっていた。漁師個人が獲った魚を城下で売り歩くのではなく、一つ箇所に集め、まとめて買い付けてもらっているようだ。

「これはなかなか良い仕組みだな。個々の負担が減る上に、非常に効率が良い」

市場を覗き、高虎が感心した声を上げていると、「ご城主様」と、声を掛けられた。

男が三人並び、高虎に向かい丁寧に頭を下げている。三人とも高虎の父と同じぐらいの年《とし》嵩《かさ》で、港で働く他の者たちと違い、きちんとした身なりをしていた。

「私はこの辺りを統括しております、孫次《まごじ》と申します」

継ぎのない着物を着て、白髪《しらが》交じりの髷《まげ》を結っている男が言った。

「こちらに並びますのは、五郎左《ごろうざ》、彦太郎《ひこたろう》と申しまして」

五郎左は城下町の商い人の面倒を見、彦太郎は農作物の管理をしていると言った。日向埼の農、商、魚と、それぞれの職の代表の役割を果たしているという。要するに、古くから領民を実質的に纏めてきた豪族たちだ。

彼らは城へ挨拶に上がる機会を待っていたのだが、城主自らが毎日のように市井《しせい》へ出掛けているという話を聞き、こうして出向いてきたのだと言った。

「ご挨拶に上がるのが遅れ、申し訳ございません」

三人が再び深く頭を下げ、高虎は快活に笑いながら「よい、よい」と彼らの頭を上げさせた。

「それはご苦労であった。そうか、この市場は孫次、お主が采配しているのだな。なかなかよい取り組みだ」

高虎の言葉に孫次が僅かに顎《あご》を引き、「恐れながら」と高虎の労いを無視したように語り出す。魁傑がすかさず前に出ようとするのを高虎が制し、「話を聞こう」と先を促した。

「労役を募り、町に新しく道を作るというお達しがあったと、聞き及んでおります」

「ああ、そうだ。建物の並びに秩序がなく、使い勝手が悪いように思うてな、少しずつ改革するつもりだ」

町と並行して、水田の用水路や港についても同じように手を加える予定で、そのために領民に働いてもらおうと、労役を募っているのだ。

「この港についても、改革案があれば聞くぞ。海のことは明るくないのでな。なんなりと意見をするがよい」

高虎の言葉に、商いを統括しているという五郎左が、言いにくそうに「そのことなのですが」と、視線を伏せたまま話し始める。

「実は、私どものほうに、町民から苦情が集まっておりまして……。労役に駆り出されてしまうと、その間の商いに滞りが出ると」

「そのことについては考えておる。労役を課した分はきっちりと賃金を支払うし、町の様子が整えば、結果として商いにも活気が出よう」

「今まで特に問題があったわけでもありませんし、せっかく滞りなく暮らしているものを、わざわざ崩すというのは、かえって良くないことかと」

口調はあくまでへりくだっているが、高虎の命には従わないという確固たる意思が見えた。

「我々はこの地でずっと暮らしておるのです」

五郎左の話を引き継いで、再び孫次が口を開いた。

つい半月前にやってきたばかりの新参者に、暮らしを掻《か》き回してほしくないのだと、言外に言っているのだ。

「田畑を営む農民も、これから秋に向けて作業が忙しくなっていきます。とても労役に勤しむ暇はありません。どうかご容赦ください」

「私どものほうも同じでございます。道を作る間、まったく商いができません。そうなれば、どのように暮らせばいいのかと、毎日のように泣きつかれておりまして」

孫次を援護して、他の二人も畳みかけるように高虎に訴えてきた。

「それから、検地のことでございますが」

「うむ、聞こう」

「何ゆえ改めてお調べになるのでしょうか」

高虎は、日向埼の改革を行うにあたり、家臣に命じ、正確な住民の数や田畑の規格、収穫の詳細などを調べさせている。三人衆によると、それらを記した検地台帳を予《あらかじ》め提出しているのにもかかわらず、新たに調べられていることが不服のようだった。

「我々は毎年台帳に正確な数を記して提出しています。誤りなく、不正もいたしておりません。忙しく働いているさなかに中断させられ、仕事が滞ると、皆が申しております」

苦情が殺到して、困惑している態《てい》を装いながら、彼ら自身が高虎に対して苦情を言っているのだ。

三人衆の意見を黙って聞いていた高虎は、ゆっくりと頷き、「あい分かった」と言った。

三人が揃って「恐れ入ります」と、再び頭を下げる。

「意見は聞いた。しかし改革は必要なことじゃ。検地も続行するし、労役も募る」

高虎の声に、孫次が弾かれたように顔を上げた。一瞬強い視線で高虎を見つめ、すぐに目を伏せる。

「しかしながら……」

「苦情については、皆に分かりやすく説明する方法を改めて考える。なに、こちらの意図を理解すれば苦情も自ずと消えよう。そのためにそなたらの力が必要じゃ。この上は、そなたらが率先して領民を説得するよう、尽力してもらいたい。頼むぞ」

領民の代表なのだから、彼らを纏めろという高虎の要請だが、三人とも石のように固まったまま、返事をしない。

「その者たち、ご城主からのご依命であるぞ」

魁傑が三人に返事を促すが、反応がない。

「返事をしろと言っている」

魁傑の怒号に近い声にも怯《ひる》まず、「どうか。我々の陳情をお聞き届けくださるよう」と、尚《なお》も自分たちの意見を押し通そうとする。

「ご城主は、そなたたちの意見をお聞きした上で、それでも改革が必要と判断されておるのだ。この地をより良きものとしようと考えておられる。それに従えないというのか！」

魁傑の一喝に、周りがシンと静まった。

三人衆はそれでも物を言わない。

「お主ら、覚悟の上でそのような態度を取るのだな。城主の命を聞く気がないと」

魁傑が刀の柄《つか》を握り、一歩前に出る。

「……聞かないと申せば、この場で斬り殺すおつもりですか」

「なに……っ」

「一介の漁師を、意に添わないからと罰しますか。構いません。我々の陳情は、領民の総意でございます。そのことで私が打ち首にでもなれば、領民が黙っていますまい」

孫次がゆっくりと顔を上げ、魁傑を見据えた。弁慶《べんけい》と呼ばれる魁傑の威嚇《いかく》をものともせず、堂々と対峙《たいじ》する孫次も負けず劣らずの貫禄だ。年の功もあるだろうし、気性の荒い漁師たちを牛耳《ぎゅうじ》っているという矜持《きょうじ》もあるようだ。

「居直るか。貴様、よくもそのような態度を」

「私どもはただただ領民のためにお考え直しくださいと、お頼み申し上げておるのです。領民の代表として」

「……む」

どちらも引かず、睨《にら》み合いは長く続いた。周りの者たちも固唾《かたず》を呑んで二人のやり取りを見守っている。さっきまでうるさいほどだった市場が水を打ったように静かだ。

突然、高虎が豪快な笑い声を上げた。周りが一斉に驚き、孫次までもがギョッとして高虎を見つめる。

「この魁傑と対等に渡り合うとは、なかなかの豪傑じゃの。気に入ったぞ」

自分の首を獲りにきた山賊を臣下におくぐらいの高虎だ。剛毅な気質を最も好む彼は、楽しそうに笑い、「よい、よい」と頷いている。

「忌憚のない意見を聞かせてもらい、領民の気持ちも理解したぞ」

「ご城主様」

「しかし、こちらも意見を覆すつもりはない。そなたらには協力をしてもらうし、改革も進める」

キッパリと言い切り、不満げな顔つきの三人衆を、高虎が見据えた。

視線を注がれた孫次は、魁傑のときと同じように真《ま》っ直《す》ぐに高虎を見返したが、そのうちヨロヨロと視線を彷徨《さまよ》わせ、最後には俯《うつむ》いた。両手が強く握られているのは、せめてもの反抗の証《あかし》なのか。

「一朝一夕で上手くことが運ぶとは思っていない。気長に説得していこう。そなたたちも俺を説得してみせろ。どちらが折れるか、楽しみである」

再び高虎が笑い、場が収まった。並べられている魚に興味を移してしまった高虎の様子に、三人衆は不承不承その場を辞さなければならない羽目になる。

去り際に、孫次がちらりと空良に視線を寄越した。目の光は強く、浮かべる表情には、納得いかないという不満がありありと見て取れた。

三人衆が去ったあとも、市場は異様な空気に包まれたままだ。ヒソヒソと話しながら、空良たちを遠巻きに見ている。そして、高虎の「仕事に戻れ」という声に、飛び上がるようにして動き始めた。

「高虎殿、申し訳ございませんでした」

市場のざわつきが戻ったところで、魁傑が謝ってきた。援護射撃をするつもりが、かえって場を悪くしてしまったと、しきりに反省している。

「まさかあのように開き直られるとは思いもよりませんでした。……あの孫次という者め、なんという無礼な。こちらが許す前に、城主の顔を堂々と仰ぎ見るとは」

孫次との睨み合いが互角に終わってしまったのも悔しかったらしく、ギリギリと歯を鳴らしている。

高虎はそんな魁傑に向かってまた笑い声を上げ、「面白いものを見た」と言っている。

「あれを説得できれば、ことが上手く進むだろう。なかなか手強《てごわ》い相手ではあるがな」

「あのような輩に協力を仰がねばならないとは。不満ばかりを言い募り、譲歩しようという気概が一つもありませぬ。だいたい、何が『ご挨拶に上がるのが遅れ』だ……っ」

高虎が日向埼に到着して、既に半月が経っている。その間に幾らでも挨拶に上がる機会があったのに、今頃になって市井で呼び止めるような真似をしたと言って、魁傑が憤る。

要するに、彼らは高虎を領主として認めていないのだ。

「先ほどのあれも、高虎殿に恥をかかそうとしたのでございますぞ。城主を前に、一歩も引かぬ態度を見せつけるような真似をしたのです」

民間の前で高虎に反抗してみせ、高虎の威厳を損なわせようとする目論見《もくろみ》だった。あの場で斬り倒してやればよかったと、魁傑が再び刀の柄を握り、憤然と言い放つ。

「或《あ》いはそれを狙ったのかもしれないな」

領民の代表として意見を言い、無下に却下された上に斬りつけられれば、大騒ぎに発展しただろう。そして高虎の評判は地に落ちる。

「一筋縄ではいかない連中だ。領主を差し置き、長年この地を牛耳ってきたのだろう。今日は手始めのご挨拶というところか」

三人衆は、自分たちの力を誇示すると同時に高虎を試し、高虎はそれを受けて立ったのだ。

あのやり取りの中で、それだけの駆け引きが行われていたことを聞かされ、空良は驚くと共に感心した。咄嗟に状況を判断して、笑いで事を収め、大事に至らないようにした高虎も、そこまでこちら側を追い詰めた、あの三人衆という輩も、どちらも凄まじいと思う。

「……馬鹿にされたものでござる」

未《いま》だに怒りが収まらないように、魁傑が低い声で呟き、高虎も「そうだな」と短く言った。

高虎の笑顔も今は消えていた。


市場で三人衆と対面してから、更に十日が経った。

高虎の日常は変わらず、精力的に動き回っている。空良もそんな夫を支えるため、忙しい日々を送っていた。

日向埼の現状は劇的な変化はなく、相変わらず領民は新しい城主を遠巻きにしていた。高虎に直訴した三人衆も、あれ以来音沙汰はない。高虎自ら協力をしてくれと依頼をしたのにもかかわらず、なしのつぶてだ。魁傑の苛《いら》立《だ》ちが日に日に増していて、主の高虎に宥められる始末だ。

夏の暑さは刻々と厳しさを増し、時折強い暴風雨に見舞われた。ギラギラと日が照りつけていたかと思うと、俄《にわか》に暗雲が空を覆い、土砂降りの雨を降らせる。

急激な天候の変化にも、日向埼の人々は慣れているらしく、城下町では、滝のような雨が降れば粛々と店を畳み、暴風で戸板が飛ばされないように打ちつけたり、港では船が流されないように付け柱に括《くく》りつけたりと、手慣れた作業でこなしていた。そして雲が去ると、何事もなかったように再び仕事に戻るのだった。

今日も夕立の気配を感じ、空良は急いで用事を済まそうと、足を速める。空はまだ青々として、夏の入道雲が海のずっと遠くで盛り上がっていたが、これから一刻もしないうちに荒れるだろうと予測していた。その前に城に戻らなくては。

今日は空良一人で、港の市場までお使いに出掛けていた。

城には毎日食材が運ばれ、賄い人が食事を作ってくれているが、激務の夫のために、自分で選んでみたいという気持ちが働いたのだ。

そこには、気晴らしがしたいという思いも少しあった。隼瀬浦にいる頃には、頻繁に裏山に一人で散策に出ていたのだが、ここに来てからは、それも叶わない。たまには高虎と二人で気ままな散策に出たいと思っても、忙しい夫にそんな時間を持てるはずもなく、我が儘も言えなかった。

一人といっても、家臣が一人ついていてくれている。彼は隼瀬浦から高虎について移住してきた者ではなく、他所《よそ》からやってきた武士だった。近隣の国で働いていたのだが、戦に敗れて浪人となり、ここへ流れてきたらしい。まだ年若く、魁傑が目を掛けていることもあり、高虎や魁傑がいないときに、空良につくようになっていた。

まったくの一人での外出ではなかったが、それでも視察ではなく、ただの買い物という名目で外へ出るのは、気が楽だった。

市場に着き、買い付けに来た人に紛れて、空良も並べられた魚を見て歩く。人がごった返す中では、空良の存在を気に止める者はなく、空良はのんびりと魚を吟味した。

これが高虎と一緒だとそうはいかない。魁傑と二人並べば尚更だった。黙っていても、何某《なにがし》かの気を放っている二人だ。空良はもう慣れてしまったが、あの二人の物言わぬ威圧感は、城下の人々には驚異だろうと思う。

「今日揚がった魚で、なるべく新鮮なものがほしいのですが」

一際人集《ひとだか》りのある一角に行き当たり、良いものが置いてあるのだなと合点して、ひしめく人の間を縫って、空良は店主に声を掛けた。

「ここに置いてあるのはどれも新鮮だよ」

「では、いっとう美味しいものを。お勧めをくださいな」

「お勧めといわれてもな……っ、あ！」

何気なしに返事をした男が、空良を認めてギョッとした顔をした。

「これは煮付けにいいですか？」

固まっている男に構わず質問をする。空良に問われた男がギクシャクとしながらも受け答えする。日向埼で獲れる魚の種類や、この市場でどのような商売のやり取りをしているのかを、空良に問われるまま教えてくれた。

「毎日のように突然の大雨が降りますが、船は大丈夫なのですか？」

「風にさえ気をつければ、雨なんかどうってことないですよ。それに天候が急に変わるのなんか、こっちは慣れっこだ。よっぽど危ないようなら引き返しますがね」

「そうなのですか」

「船がひっくり返るような大嵐なんざ、年のうちに五回もねえからな」

「五回もあれば大変だと思うのですが」

「そんなもんを怖がってたら、漁になんか出られねえさ」

「無理をして命を落としたら、元も子もないではないですか」

空良の言葉に男が笑った。

「生活がかかってるからな」

魚の説明をしてもらいながら、とりとめのない話をする。

やはり空良が相手だと、油断をするらしい。高虎や魁傑とは違い、空良には脅威を感じないのだろう。徐々に馴《な》れ馴れしい口調になっていった。

男と会話を交わしながら、これからは、今日のように一人で市井を回ることを高虎に申し出てみようと考えた。高虎と一緒にいるときとはまた違う発見があるようだ。

あとは、あの心配性な夫を上手く納得させることが問題だ。

しばらくのやり取りのあと、精のつきそうな食材を手に入れて、空良が立ち去ろうとすると、「あんた、城主様の嫁さんなんだって？」と聞かれた。

ニヤニヤと不躾《ぶしつけ》な質問をされ、空良は悪びれることなく「はい」と答えると、聞いてきた男のほうが気まずそうな顔をした。

「今日はもう漁には出ませんよね？」

「……あ、ああ。俺は出ないが」

「では、これから漁に出ようとする他の方に、やめたほうがいいとお伝えください。これから海が荒れますから」

呆気《あっけ》に取られている男に礼を言って、空良はその場をあとにした。

自分の存在が、人々には受け入れ難いということは、嫌と言うほど知っている。

十日前、市場であの三人衆に直訴されたとき、去り際に投げられた視線は、空良に対するあからさまな侮蔑だった。

あのような目の色を、空良は今まで幾度も見ている。

隼瀬浦で暮らしていた折、空良の存在が高虎の足枷《あしかせ》になると言った弥市や、最近では、松木城攻略の行軍での菊七や伏見たちも、初めのうちはそうだった。

彼らは高虎が空良を連れて歩く姿を見ては、皆同じ視線を向けてきた。

男が男の嫁を娶《めと》り、恥ずかしくないのかと。

そんな目で見られるたびに、怯んだり、申し訳ないと思ったりしたものだが、空良はもうそう思うことを止《や》めたのだ。

高虎が空良の存在を隠そうとしないのだから、自分も隠さない。

空良は空良のまま、堂々としていろという高虎の言葉に、素直に従うことにしたのだ。

そして、高虎の揺るぎない態度と、空良自身の努力によって、それらを覆してきた。

「ここの方たちも、受け容れてくれるといいのだけれど」

いつか分かってもらえると楽観的な思いを持とうとし、だけどいつもとは手応えが違うという思いにも見舞われた。

日向埼の人たちのあの無気力な眼差《まなざ》しを思い出すと、空良が今まで関わってきた人たちとは違うような気がするのだ。

ここの人々は、初めから高虎に距離を置いている。空良の存在を認めるとか認めないとかいう以前に、問題が発生しているのだ。

今の市場での出来事がそれを証明していた。

高虎がこの場にいなければ、空良には普通に接してくれた。彼らにとって、新城主、三雲高虎こそが、受け容れ難い存在だということだ。

あの三人衆が手を回しているのか。

頻繁に入れ替わる領主なんかよりも、よほど力のありそうな彼らは、突然やってきて、意に沿わない改革を進めようとする高虎を、邪魔に思っているのかもしれない。

焦ることはない、いつか理解されると、快活に笑っていた高虎だが、そのいつかは、いつやってくるのか。本当に和解する日は訪れるのだろうか。

半年、一年と状況が変わらなかったとき、高虎はそれでも笑っていられるのだろうか。どれほど堅強な武人でも、折れるときがくるかもしれない。

「……そんなことを考えては駄目だ。気弱になってどうする」

ここにやってきて、まだ一月ほどだ。そう自分を叱咤《しった》して、空良は城に向かって歩いて行く。

どんなときも、自分が支えるのだ。

自分に言い聞かせるようにしながら、ふと、以前高虎が空良に聞かせてくれた言葉を思い出した。

——大将の一番の仕事は、やせ我慢じゃ。

今ももしかしたら、やせ我慢をしているのじゃないか。

朗らかに笑いながら、空良に見えないところで苦しんでいるのではないか。

十日前の市場の中、憤る魁傑の前で豪快に笑って見せた夫の顔を思い浮かべようとして、どういうわけか、あのときの高虎の表情が、思い出せないのだった。

市場から城に向かって足早に歩く。お付きの人も、空良の速度に合わせて小走りについてきていた。

籠に入った魚を確かめて、これから漁に出る人を、あの市場の男は引き留めてくれただろうかと思った。

海で働く人たちだから、少しばかり荒れたところでなんともないのかもしれないが、それでも心配だった。

次にまた港に行ったときに、彼らの船はどれくらいの強度なのか確認してみたいと思った。

「……船に乗せたりはしてくれないだろうか」

天候の予見はできても、それによって人がどう影響されるのかまでは、経験しないと分からない。

「旦那さまにお願いしたら、……許してくれないだろうな」

本人は反省していたが、空良に対して過保護なのは相変わらずだ。今日の買い物も、初めはいい顔をしなかったのを、空良が説き伏せたのだった。

自分を置いて買い物に出掛ける空良を、恨めしそうな顔で見送っていた。そのときのことを思い出し、歩きながらほくそ笑む。

高虎が忙しくなかったら、本当は空良だって二人で出掛けたかったのだ。

「でも、旦那さまがいたら、あんなふうに気軽に買い物はできなかったか」

どんなときでも、高虎は高虎だから。

とりとめもないことを考えながら城下町を歩いていると、町の一角に見たことのないのぼりを見つけた。

旅の一座がやってきたらしく、即席の小屋が建てられ、その前に人が集まっている。

のぼりには役者の名が書かれており、別ののぼりに今日の演目が記されていた。

そこには「吉田松木城陥落、五月雨《さみだれ》決戦の巻」と書いてある。

「菊之丞《きくのじょう》……？」

演目の文字と役者の名に思うところがあり、空良は足を止めた。

小屋の前では口上言《こうじょういい》が芝居の内容を声高《こわだか》に紹介している。

「かの『三雲の鬼神』高虎の松木城陥落の物語。戦の様子をこの目で見てきた話を忠実に再現したものだ。さあ、入った、入った」

空良は思わず小屋の前まで行き、中を覗こうとしたら、「ただ見はいけねえよ」と咎《とが》められ、つい、「入ります」と言ってしまった。

お付きの家臣に魚を託し、先に城に届けてくれと頼んだ。入り口で木戸銭を渡し、小屋の中へと入っていく。

さほど広くない小屋の桟敷《さじき》はすでにいっぱいだった。立ち見の場所を確保して、人混《ひとご》みに押されながら緞帳《どんちょう》が引かれるのを待つ。

開幕を待っている間にも、どんどん人が入ってきて、小屋は満員御礼となった。

やがてチョンチョン、と拍子木の音が鳴り響き、緞帳が引かれていく。

舞台に立っていたのは、紛れもない菊七だった。化粧を施し、目元の泣きぼくろが色気を誘う、妖艶《ようえん》な姿で舞台に立っている。

『我はそら吉《きち》……』と言いながら、菊七が見得を切る。

「……え？　そら吉？　……って、え？」

思わず声を上げると、周りの人に咎めるように睨まれてしまい、慌てて口を押さえた。

演目の内容は、口上にあった通り、籠城した松木城を、新興国軍四国が攻め落とした話だった。あの戦の経緯《いきさつ》を事実に基づき物語にしているのだ。

主人公のそら吉は、菊之丞という芸名の菊七が演じていた。敵方の松木城を陥落させるまでの紆余曲折《うよきょくせつ》を、かなり正確になぞり、尚且《なおか》つ劇的な演出で進めていく。

物語の中、水攻めを成功させるために敵地に三人が潜入し、敵に見咎められて逃げおおせるまでのことが、特に力を入れて演じられていた。

魁傑役の役者が芸達者で、敵の目を欺くために芝居を打つ中で、からくり人形のようなギクシャクとした動きを見せ、大いに笑いを取っていた。

そら吉役の菊之丞は、実際のそら吉よりも機転が利いていて、あわやの場面で大活躍をしていた。事実にはない大立ち回りがあり、そら吉が追っ手を鮮やかな刀捌《さば》きで撃退する。

ばったりと倒れた敵役の背中の上に足を乗せ、菊之丞が見得を切ると、観客が「おお！」

と声を上げ、やんやの拍手が巻き起こった。

その後は五月雨の力を借り、松木城が水の中へと沈んでいく様を、役者たちが迫真の演技で伝えている。そら吉と共に大将の高虎が大活躍し、その息を呑むような迫力に、観客も引き込まれた。

「……あれって、うちの新しいご城主様の話だよな」

「ああ、さっき俺も気がついた。三雲って、確かそんな名だった。しかしこれ、本当のことなのか？」

芝居を観ている観客の中で、そんな囁《ささや》きが交わされる。

「芝居だからな、作り話だろう」

「しかし、口上では事実を忠実に再現したって言っていたぜ？」

芝居は終盤に差し掛かり、味方側の新興国軍の兵たちが勝ち鬨《どき》を上げ、大いに盛り上がっていた。

半刻ほどの時間を掛けて、菊之丞演じる松木城陥落の物語は幕を閉じた。観客は興奮して拍手を送り、「よっ、菊之丞！」と声を掛けている。

客の反応を見ても、この興行は大成功のようだ。皆満足そうな顔をして、挨拶のために再び舞台に出てきた役者たちに、大きな拍手を送っていた。

空良は他の人たちよりも一足先に小屋を出た。中では未だに掛け声が聞こえている。

ホッと、溜め息を吐き、小屋の前ののぼりを見上げた。

「あのときのことを芝居にしたのか。凄い……面白かった」

三人で川沿いを歩いて行った光景を思い出し、空良は笑顔になった。このことを魁傑に知らせたら、どんな顔をするだろうと思うと、可笑《おか》しくなる。

「よう、そら吉」

聞き覚えのある声に振り返ると、舞台の扮装のままの菊七が立っていた。

「観にきていたんだな。なんだよ、挨拶をしていけよ」

芝居の最中に、空良の存在に気がついたのだが、終わった直後に空良が出ていったので、慌てて追い掛けてきたのだと言った。

「驚きました。のぼりを見て、思わず入ってしまいました」

「おう、どうだった？」

「とても面白かったです。でも、そら吉は、あんなに勇猛果敢ではなかったですよ？」

空良の感想に、菊七はニッと笑い、「ありゃ、盛り上げのための演出だ」と綺麗《きれい》に整った眉《まゆ》を上げてみせた。

「良かっただろ？　この演目は、何処でも評判がいいんだ。座長もホクホクさ」

ここに興行で回ったのも、高虎が日向埼の領主になったことを知り、座長に掛け合ったのだと言った。

「実在の人物がいるところでやったら、盛り上がるだろう？」

二人で話していると、芝居小屋から出てきた人たちに姿を見られた菊七が、「こっち」と、小屋の裏側に空良を連れて行った。

茶でも飲んでいけと誘われたが、すぐにも城に帰らなければならない。

「お付きの方を先に帰して小屋に入ってしまい、向こうで心配していると思うので」

「相変わらずの過保護か」

菊七に笑われ、空良も笑顔を返す。

「久し振りにお会いできて嬉しかったです。高虎さまと魁傑さまにもお伝えしておきます。とてもお忙しいので、こちらに寄る時間があるかどうか、分かりませんが」

高虎の多忙振りを見ると、難しいかもしれない。

空良が暇《いとま》を告げようとすると、菊七は一瞬周りを気にする素振りを見せ、それから「ちょっと聞かせたいことがある」と、囁いた。

芝居小屋の裏手の、更に隅のほうへ誘導される。

「あんたの旦那さん、……ここでは最悪の評判だぞ」

菊七が言った。

「三日前にここに着いて、小屋の準備ができるまで、あっちこっち回ってみたんだが、何処へ行ってもいい話を聞かない。乱暴な政策で領民が苦しんでるだとか、下々の訴えをまったく聞いてくれないだとか、散々な言われようだ」

菊七は芝居の稽古の傍《かたわ》ら、間者の仕事もしていたのだ。

「ここへ来てからまだ日が浅く、なかなか理解を得られていないのです」

変化を嫌う領民は、改革を受け容れられず、なんとか理解をしてもらおうと、努力をしている最中だと、空良も説明した。

「ふうん。……ま、領民っていうのは、大概が保守的だからな。そういうこともあるだろうよ。頑張るんだな」

「はい。ありがとうございます」

菊七の励ましに笑顔で礼を言うと、菊七もニッコリと笑い、それから「……それでよ」と、もう一段低い声を出した。

「こっちが話の核心だ。ここの連中、……隠し事をしてるぜ」

「……え」

予想になかった言葉に、空良が目を見開くと、菊七は再び辺りを見回してから、本当にごく小さな声で「隠し倉」と言った。

「あいつら、毎年の収穫の出来高をちょろまかして、何処かに貯め込んでいるらしい」

この町の情報を探っていると、高虎の悪い評判と共に、後ろ暗い空気が漂うのだそうだ。

新しい領主に対し、絶対に気づかれてはならないという、ある種の緊張感が見えたのだと言

った。

そして更に用心深く探りを入れていると、今年の収穫の予想を立てている話題の中で、「今回も上手く運べ」という言葉が出てきたと菊七が言う。あれは収穫の一部を何処かへ隠す算段だったと。

「収穫高の低い土地や、取り立ての厳しいところなんかでは、割合とよくある話だ。たぶんここもやっている。それも相当長い期間だ」

確信を持った声で菊七が言った。そして隠し倉の場所を探ってみるとも。

「俺らがここにいられるのはあと四日しかねえから難しいかもしれないが、できるだけやってみる」

空良が頭を下げると、菊七は笑って片手を上げた。そして「時間があったらまた来いよ」と言い置いて、芝居小屋の中へ戻っていった。

菊七が去り、しばらく茫然とその場に立っていた空良は、城に帰らなければならなかったことを思い出し、トボトボと歩き出した。

たった今聞かされた話が衝撃的すぎて、まるで思考が纏まらない。

「隠し倉……」

その言葉を口にしただけで、ドキンと心の臓が跳ね上がる。

そんな恐ろしいことを、ここの人々がやっているというのか。それも長い期間、毎年のように。

菊七の間者としての働きを知っているだけに、彼が生半可な判断で、空良に伝えたとは思えない。きっとこれは真実なのだ。

「旦那さまにお伝えしないと……」

空良がこのことを伝えたら、高虎はどんな顔をするだろう。

領民を導き、より良い暮らしを与えるために、今も奔走しているのに、その領民が、領主を裏切るような真似をしているのだ。

高虎がこの事実を知ったら、今、空良が受けたものときっと同じ衝撃を受けるだろうと思うと、今度は心の臓が握られたように痛んだ。

重い足取りで帰路に就く空良の頬に、ポツリと何かが当たった。

見上げると、先ほどまで晴れ渡っていた空がいつの間にか真っ黒な雲に覆われて、そこから大粒の雨が落ちてきた。


城に着く頃には、空良はずぶ濡れになっていた。

慌てる家臣たちに、構わないからと言い置いて、空良は一人で奥座敷に上がり、濡れた着物を急いで脱いだ。

着替え終わった頃に、家臣に空良の帰宅を聞いたらしい高虎が顔を出した。高虎は、今日は一日城にいて、改革のための評定を開いていたはずだ。

「雨に降られたと聞いた。そなたにしては珍しいな」

笑顔で迎えてくれた高虎だが、空良の冴えない顔色を見て、「どうした」と、すぐに笑顔を消した。

話があると言い、高虎と魁傑以外は人払いを頼んだ。

空良の様子に、察しのいい二人は尋常ではない何かを感じたようで、真剣な面持《おもも》ちで、空良が口を開くのを待った。

「今日、城下で菊七さまにお会いしました。一座の興行で日向埼にいらしたのです」

菊七の名を聞いた魁傑の表情が僅かに動いた。彼に間者としての役割を与えたのは魁傑だから、菊七が何某かの情報を空良に伝えたのだと悟ったようだ。

「菊七はなんと？　由々しき事態でござるか」

空良は、菊七から聞かされた話を、なるべく正確に二人に話して聞かせた。空良の声を聞くにつけ、二人の形相《ぎょうそう》がみるみる険しいものになっていく。

「隠し倉などと……なんという大胆な裏切りを」

魁傑が唸るように呟き、拳《こぶし》を強く握った。

高虎も厳しく眉根を寄せたまま、無言で腕を組んでいる。

「あの三人衆が領民を動かしているに違いありませぬ。高虎殿、どうされますか」

魁傑の問い掛けに、高虎は未だ無言のままジッと床を睨んでいる。

「この上は、あの三人を締め上げて、倉の場所を吐かせた上で厳罰を与えるのがよろしいかと。拙者があの者共を引き摺《ず》って参りまする」

打ち首では済まさないと、魁傑が膝を立てた。

「いや、意味がないだろう」

すぐにも飛び出そうとする魁傑を止め、高虎が言った。

「三人衆を罰したところで、意味はなかろう。裏切りは、領民全員なのだから」

三人を斬首したところで、また別の者が先導するだろう。

「全員の総意で、確固たる覚悟を以てやっていることだろうからな」

そう言って高虎が、深い溜め息を吐いた。

「何かあるだろうとは思っていたが。……だから検地を改められることをあれほど嫌がったのか」

誤りも不正もないと、あのとき声高に言ったのは、完全な偽りだったのだ。

「してやられたものだ。あの調子では、倉の場所も吐くまいよ」

「菊七さまが、探ってみるとおっしゃっていました」

「いや……、恐らくは無理だろう」

歴代の領主を長年欺いてきたのだ。おいそれとは見つけられない場所にあるのだろうし、菊七がどれほど優秀な間者でも、数日のうちに突き止めるのは難しいと言った。

「しかし、それではどうすれば……」

隠し倉の場所は分からず、罰しても意味はなく、裏切りだけが横行している。

魁傑の声に、高虎は変わらず険しい顔をしたまま押し黙る。

「……何故《なぜ》、このようなことを続けているのでしょう」

肥沃な土地で、領主に納められる石高は毎年高く、だからこそ、この国を欲しがる輩がたくさんいると言っていた。豊富な石高があるのに、何故領主を欺いてまで隠し倉など造ったのか、空良には分からない。

「或いは……肥沃な土地だから、か」

空良の疑問にしばらく考えていた高虎がそう言った。

石高が高く、毎年安定した料を納めることが、彼らの負担になっているのではないかと、高虎が言った。

「大豊作が毎年のように続くわけがあるまい。不作の年も、豊作の年と同じように取り立てられていたのかもしれない」

この城に初めて入ったとき、絢爛豪華な調度品に驚いた。そんな城の様子に比べ、市井は真逆のような様相なのだ。長年戦に巻き込まれ、立ち替わる領主に搾取され続けた結果の防衛策だったのかもしれない。

「領民に直接聞いてみぬことには分からんがな。……素直に答えるとも思えんが」

高虎が暗い声を出す。

「しかし、俺に対する彼らの頑《かたく》なな態度のわけが、漸く分かった気がする」

高虎が薄く笑った。

新領主を警戒し、新しく事を起こすことを極端に嫌っていた。改革は必要ないと頑なに訴えていたわけは、こういうことだったのかと言って、笑っている。

だけどそう納得したところで、その先の妙案は浮かばない。

領民は領主に信頼を置かず、領主の力を必要ともせず、自分たちだけで、自分たちの暮らしを守ろうと、必死になっているのだから。


日向埼に来てから二月が過ぎた。

夏はまだ頑固に居座っているが、遠くの山の向こうからは、秋の気配が漂っている。

稲にはそろそろ幼穂がつき始め、あと一月もすれば収穫の時期がやってくる。

空良たちは、海岸沿いにある雑木林に来ていた。歯抜けになった木立の間に、松を植林するためだ。

他国から買い付けた若木を、等間隔に植えていく。これが育てば、海からの風をだいぶ防いでくれるのだ。

作業には日向埼城に勤める者たちが総出で掛かっていた。海岸線は気が遠くなるほどに長長と続いていて、それに沿って地道に松を植えていかなければならない。もちろん空良も手伝っている。高虎などは片肌を脱いだ状態で、率先して鍬《くわ》を振るっていた。

作業には日向埼の領民も労役として加わっている。

残暑の中、身分の上下も関係なく、皆で汗を流しながら作業をしていた。

松は植林の時期を比較的選ばないが、それでも真冬や真夏は避けるものだ。空良としても、本来ならもう少し秋が深まってから植えたかったのだが、それだと収穫の時期に被るという理由で、今の時期になったのだ。

それを決めたのは、孫次たち、日向埼の三人衆だった。高虎が領民に労役を課すたびに、「恐れながら」と言って、いろいろと口出しをしてくる。

領民たちは、高虎の命に従う前に、必ず三人衆に意見を仰ぐ。大々的な灌漑事業も、今植えている防風林も、将来を見据えての工事なのだが、彼らとっては今の暮らしのほうが優先で、苦情があれば孫次たちがすぐに出張《でば》ってくるのだった。

彼らは表向き従順な振りをして、その実、頑として高虎を領主として認めようとしない。そんな関係が、もう二月続いていた。

それでも、ほんの少しだけ、好転の兆しもあった。

菊七の一座が興行したあの芝居により、高虎の武将としての功績が、ちらほらと囁かれるようになったのだ。あの芝居が評判となり、領民たちの高虎を見る目が変わった。

城下町を馬に乗って闊歩したときに、もの言いたげに高虎を仰ぎ見る町民もいた。ただただ怯えと反発の表情を浮かべていたのが、憧憬の色を浮かべる者の姿も見受けられるようになった。

そのまま領主へ対する崇拝が高まっていけば改革もやりやすくなるだろうと希望を持ったのだが、そう上手く事は運んでくれなかった。

事実に基づいた話だと主張する者と、あれは作り話だと言い張る者が半々で、一座が去ったあとは、鬼神の高虎英雄説も、徐々に薄まってしまった。

魁傑などは、菊七の一座を呼び戻し、もっと大々的に興行を打とうと高虎に進言していた。魁傑自身、あの芝居を観ていないこともあり、自分の武勇伝を観たいという気持ちもあったようだ。

植林の作業に朝から取り掛かり、昼近くになったところで、領民たちが自分たちの農作業に戻りたいと言ってきた。

「え、まだ半町分も進んでいません。もう少しお手伝いをしていただきたいのですが」

空良が領民たちに掛け合うと、彼らはお互いに顔を見合わせ、困った顔をする。

「彦太郎さんの話だと、半日でいいと聞いておりますが」

例の三人衆の名を出して、仕事を終わろうとする。

やり取りを聞いていた魁傑が、鬼の形相をしながら走ってきた。

「おい、おまえら、課せられた役務はちゃんと果たせ。こんな短い作業では、何年経っても植林は終わらないぞ。海岸線がどれだけ続いていると思っているのだ」

魁傑の怒号に小作人たちは肩を竦《すく》め、「だけんども……」と、歯切れの悪い声を出す。

「稲の面倒を見なければなりません。大事な時期なんですわ」

幼穂がつけば、確かに水の世話や追肥、害虫の駆除など、今までよりも手を掛けて面倒をみなければならない。彼らはそれを言い訳にして、自分たちの田畑に帰りたいと言う。

「稲を駄目にしたら、収穫ができませんで」

「納める米が減ってしまいますが」

皆が口を揃え、遠慮がちながらも引かずに訴える。たぶん彦太郎に予め教えられているのだろう。

領民を見る魁傑の顔がみるみる険悪になり、それでも彼らは「勘弁してください」と、頭を下げる。

「それではこうしたらどうか」

怒鳴りつけそうになっている魁傑を制し、高虎がやってきた。

「人数の半分が残ってくれ。農作業と植林と、半々ずつの人員でやるのはどうだ？」

汗で身体を光らせた高虎が言った。

「稲の面倒はもちろん重要だ。しかし、この植林も同じぐらい重要なことなのだ。海からの風を防げれば、稲が倒れずに済むだろう」

領主の声に、領民たちが困惑したように顔を見合わせている。

「……彦太郎さんに相談してみねえと」

「おのれ！　何ゆえその名を出す。ご城主の依命だぞっ。彦太郎は関係ない」

魁傑が叫び、「さっさと作業に戻れ」と彼らを追い立て、その剣幕に、小作人たちがしぶしぶ持ち場へ戻っていった。

再び植林の作業が始まり、空良は溜め息を吐く。今日はこのまま作業が続いても、明日以降はこうはいかないだろうと予想がついた。恐らく彦太郎がやってきて、また「恐れながら」と、高虎に陳情することになるだろうからだ。

一時が万事この調子で、新しく用水路を引こうとする案も、城下町を整備する計画も、高虎の打ち出す改革は、遅々として進んでいない。

いっそ強硬に労役を課し、無理やりにでも進めれば、彼らも従わざるを得ないだろうが、それはやはり得策とは言えなかった。改革は進んでも、領民の心が離れてしまう。植林も灌漑事業も、すぐに結果が見えるものではなく、だからこそ、ちゃんと理解してもらった上で、協力してもらうことが重要なのだ。

　現状は、やる気のない領民たちを城主自らが宥め、あの三人衆に伺いを立て、なんとか理解してもらえるよう、働きかけるしか方法がないのだった。

　問題は改革の遅れだけではない。

　菊七が仕入れてくれた隠し倉の情報は、結局何も分からないままだ。倉の在処《ありか》も探れていない。魁傑の昔の仲間を潜入させ、情報を得ようともしたが、それも不発に終わっている。日向埼の人たちは、新参者を異常に警戒するからだ。

　このことについては三人で話し合い、取りあえずは何も言わないまま見守ることにしている。こちらが隠し倉のことを知っているという事実が向こうに漏れれば、ますます彼らの警戒が増すだろう。いずれにしろ、あと一月経てば収穫の時期がやってくる。そのときの彼らの動きを注意深く見ようということになった。

「日が高くなってきた。それぞれ頃合いを見て休息を取れ」

　高虎が人々に声を掛け、自らが用意した水と塩を振る舞っている。

　問題は何一つ解決しておらず、それどころか新しい問題が次々と起こる中、高虎は変わらず下々の者のことを気に懸け、率先して働く。

「今日はあと少し作業をしたら、終わりとしよう。暑いのう。秋はまだ来ぬのか」

　そんな軽口を利き、周りを笑顔にしている夫を眺めながら、本当に強い人だと思った。

「旦那さまもお休みになられてください。さっきから一番動いていますよ。周りを気遣うばかりで、ご自分が倒れられてしまうのではと、心配です」

「なに、平気だ。鍛えておるからの。俺よりもおまえのほうが心配だ。ほら、塩を舐《な》めろ。日陰に入るか？」

朝晩の剣の修練も欠かさず、今も壮健な肉体を誇り、空良にも気遣いを見せる。

高虎と並んで日陰で涼を取った。目の前には、今植えたばかりの松の若木が並んでいる。

「あれが森に育つには、どれぐらい掛かるのか」

「そうですね。七年から十年ぐらいでしょうか」

「そうか。その間、ずっと面倒を見るのだな」

「はい。まずは根が張るのを待ち、下草を取り、育つ前に風にやられないように守らなければなりません」

ある程度育てば、今度は間伐をして、更に強い木を育てるのだ。

「十年か。遠いな」

まだ頼りない若木を眺め、高虎が呟くように言った。十年という月日を、どのように捉えたのか、その横顔からは窺《うかが》い知れない。

「楽しみですね」

十年後、二人はどうなっているだろうかと考える。

十年先の自分の姿など想像がつかないが、今のように高虎の隣に寄り添っていたいと思った。

「ああ、楽しみだ」

高虎は今、何を考えているだろうか。空良と同じことを考えていたら嬉しいと思いながら、松の若木よりもずっと遠くを見つめているような高虎の横顔を眺めていた。


その日の夕方。日は既に暮れていて、雲を被った朧月《おぼろづき》が、僅かな光を届けている。まだ夏の名残《なごり》があるとはいえ、日の落ちる時刻が速まっていた。見えないようでいて、季節は刻々と移り、秋が近づいていることを実感する。

夕餉《ゆうげ》の支度ができ、空良は高虎を呼びに城内を歩いていた。この時間ならばと予想して、庭に出る。

案の定、高虎が剣の修練をしていた。昼間と同じように片肌を脱いで、一心に剣を振るっている。

腕を振るたびに、ヒュンと風を切る音がする。

高虎の真剣な顔が月明かりの下に浮かんでいた。

声を掛ける機会を待ち、高虎の修練の様子を見守るが、高虎は一向に止める気配を見せずに腕を振るい続ける。

「……旦那さま」

四半刻もとうに過ぎた頃に、空良はとうとう声を掛けた。空良が来る前から高虎はここにいたので、恐らく半刻は剣を振るい続けていたのではないかと思った。

「ああ、空良か」

空良の声掛けに、高虎は漸く剣を振るうのをやめ、こちらに顔を向けた。「気がつかなかった」と言って笑っている。

「もう夕餉か」

そして暗くなっていることに今気づいたかのように、月を見上げた。

「旦那さま、あの……」

言葉を探して目を彷徨わせた。

思い悩んでいるのではないか。心が疲れているのではないか。

ここに来てから、高虎はずっと止まらずに進み続けている。課題は山積みで、しかもほとんどが上手く回っていない。気丈な人だから、口には出さず、顔にも表れないが、内側に屈託を抱えているのではないかと、ひたむきに剣を振るっていた姿を見て、心配になった。

「どうした？　腹が空いたか？　待たせて悪かった」

高虎は先ほどとは打って変わった穏やかな顔をして、空良を見つめる。妻を気遣う、いつもと変わらない表情だ。

「夕餉が終わったら、二人で散策に出掛けませんか？」

労いや心配の言葉が見つからず、その代わりに高虎を誘った。思いも掛けない言葉だったのか、高虎が僅かに首を傾げ、「散策か？」と言った。

「はい。ここへ来てから、二人で出掛けることがなかったと気がついて」

「そうか？　城下や港に行っているではないか。今日も松を植えた」

「あれは二人ではなかったでしょう。城下へ下りるのも視察なので、散策ではありません」

笑いながら空良が言うと、高虎が「そうか」と、納得した顔をした。

「お勤めのためではなくて、ただ二人で外を歩きたいのです」

隼瀬浦にいた頃は、よく裏山へ二人で出掛けた。季節が変わるごとに、山の変化を楽しみにして、歩いたものだ。

梅雨の時期には雨の匂《にお》いを嗅ぎに、春は新芽を見つけに二人で出掛けた。怪我《けが》をしたふくを見つけたのも、二人で散策をしていたときだった。

「何もしないで、ただ歩きたいのです。隼瀬浦にいたときのように」

空良の願いに、高虎はゆっくりと笑い、「分かった」と言った。

「そうだな。そういえば、ここへ来てからはそんな時間を持たなかったな」

改めて気づいたようにそう言って、「では行こう」と空良の誘いに乗ってくれた。

月の明かりを頼りに、二人で日向埼の浜に向かった。

夕餉の折に、何処へ出掛けようかと相談し、海に行こうということになったのだ。

馬に乗って浜まで走っていると、毎日のように通った道が別物のように空良の目に映った。

高虎も同じように感じたのだろう。馬に乗りながら空良に笑いかける表情が明るかった。

その顔を見て、もっと早くに誘っていたらよかったと後悔する。

浜辺に到着し、馬を下りて二人で歩いた。波が月に照らされて、白く光っている。

「このようにして、夜の海に来るのは初めてだな」

「はい。月が明るいので、よく見えます。とても綺麗」

月を隠していた雲が今は消え、空と海を皓々《こうこう》と照らしていた。

手を繋ぎ、浜辺を歩く。

断崖の狭間《はざま》にある小さな浜には誰もおらず、少し歩いたところで砂の上に腰を下ろした。

空良の隣では、高虎が機嫌の好い横顔を見せている。

「風がやはり隼瀬浦とは違うな。山の風よりも、少し重たいと感じる」

「そうですね。それに、磯の香りがします」

「ああ、そうだ」

鼻を蠢かし、海の匂いを嗅いでいる高虎に、空良は「お休みしましょう」と言った。

「休み？」

「はい。今日は、お仕事はもうお休みしましょう」

高虎が笑って、「今、休んでいる」と言った。

「いいえ。空良は旦那さまにお休みしてもらいたいのです」

高虎が、意味が分からないというように空良を見つめる。その瞳を見返し、微笑みながら、

「やせ我慢はお休みです」と言った。

「いつか旦那さまは、大将の一番のお仕事はやせ我慢だとおっしゃいました。だから、今夜はそのお仕事をお休みしましょう」

高虎は無言のまま、空良を見つめている。

「旦那さま。……空良の前ではもう、お仕事をしないで」

そのまま長い間、高虎は何も言わなかった。海を見つめ、じっとしている。

空良も黙って夫に寄り添った。波の音だけが聞こえる。

「……空良」

「はい、旦那さま」

「膝を貸せ」

高虎が砂の上にゴロンと横になる。空良に膝枕をさせたまま、再び海を見つめ続ける。

「……親父殿《おやじ》であれば、どうしただろうかと考える」

空良の膝に頭を預けたまま、やがて高虎がポツリと言った。

「少なくとも、今のような有様にはならなかっただろう」

父の時貞が三雲城の城主になったのは、高虎とそう変わらない年齢だったという。そんな父のことを思い、父と自分を比べ、高虎が「まるで違う」と言って溜め息を吐く。

「隼瀬浦はもともと三雲が治めていたところを引き継いだのですから」

代々引き継いだ領地と、新参で治めることになったのとでは、条件がまったく違う。そう言って慰めたが、高虎は「それでも父なら、もっと上手くやっていたと思う」と悔しそうに言った。

「初めは上手くいかなくとも、いずれは良いように転がっていくと、高を括っていた。自分の甘さを痛感している」

どこで間違ったのかと高虎が空良に聞く。

「間違っていませんよ」

「では、何故こうも上手くいかない」

苛立った声を出し、寝転んでいた身体を反転させ、高虎が空良の腹に顔を埋《うず》めた。

「……投げ出してしまいたい」

小さく、聞こえないかのような声で、顔を埋めたままの高虎が言った。

夫が初めて空良の前で、弱音を吐いた。

「誰も彼もが俺の言うことを反故《ほご》にしようとする。あの三人衆などは、『この若造が』と思っているのがありありと分かる」

父ならば、もっと上手く彼らを懐柔した。

兵を司るのと、領民を導くのとでは、勝手がまるで違っていたと、高虎が嘆く。

戦なら、見据える先は皆同じで、そこへ向かって前進すればいい。だけど領民は兵ではなく、皆向かう先がてんでバラバラで、高虎を置いて勝手に行ってしまうのだ。

「悔しいのだ。……空良。悔しくて、不甲斐《ふがい》ない」

高虎の呻きが、空良の膝の上で響いた。

「あの三人衆は、何ゆえ俺を目の敵《かたき》にするのだ。今日のあの領民たちもだ。どうして俺に聞く前に、あの者たちの意見を聞こうとする」

滔々と恨み言を空良の腹辺りに向かって吐き出している。心なしか声音がいつもよりも幼く感じられた。

高虎が感情のまま、本音を吐いている。

「誰も彼もではありません。空良がおります」

「……ああ」

「魁傑さまも、他の家臣たちも、城の皆は旦那さまの味方です」

「そうだな」

「旦那さまは一つも間違っていません。旦那さまの思う通りになさいませ。日向埼は将来きっと、素晴らしい国になります」

「本当にそう思うか……？」

「はい。空良の予見は当たるのですよ。旦那さまも知ってらっしゃるでしょう？」

高虎がフッと息を吐いた。息が当たったお腹《なか》が温かい。

「そうだな。おまえの予見は十割当たる」

「空良も、あの三人衆の方たちは、酷《ひど》いと思いました」

「……おまえでもそのように思うのか」

意外そうな声を出され、空良は「当たり前です」とすぐに答えた。

「旦那さまに刃向かうような真似をして。あのとき、魁傑さまに成敗されてしまえばいいと思いました」

空良の過激な言葉に、高虎がはは、と笑う。

「空良の大切な旦那さまを蔑《ないがし》ろにする行為は許せません。旦那さまのほうが正しいのですから、尚更です」

「空良は怒ると怖いからな」

「ええ、怖いですよ」

「あの伏見の鬼瓦《おにがわら》を泣かせたほどだ」

今度は空良が声を立てて笑い、それにつられて高虎も膝の上で笑い声を上げた。

ひとしきり二人で笑ったあと、高虎が息を吐き、「詮ない話をする」と改めた声を出した。

「はい。お聞きしとうございます」

それからしばらく沈黙が続いたあと、「次郎丸が生まれたとき……」と、静かな声で、高虎が話し始めた。

「それまで俺は、妾腹ではあったが、父の唯一の息子として、三雲を継ぐべく教育され、ずっとそのようにして生きてきた」

幼少期の頃の自分のことを、高虎が語っている。

父の背中は大きく、憧《あこが》れ、あのようになりたい、なってみせると、思い決めて育ってきたのだと。

そんな折、突然次郎丸が誕生し、三雲の嫡男という立場となった。

「あのときは、座を奪われたという気持ちと、肩の荷が下りたという清々しい気持ちと、両方に同時に襲われた。複雑だった」

そのときの気持ちを、高虎が正直に吐露する。

「幼い次郎丸を見るにつけ、あの愛らしい性質に、ああ、この者は三雲を継ぐべき者だと思った。民に愛される資質を生まれながらにして持っている。俺はこの者を支えるために、先に生まれてきたのだと納得した」

天命が下りた瞬間だったと、そのときの心情を高虎が語った。

次郎丸を支え、生涯三雲のためにこの身を捧げようと誓い、そのためだけに生きていくことを決意したと。

「ところがだ」

高虎が声音を変え、膝に置いたままの頭を上に向け、空良を見上げる。

「……おまえに出逢《であ》った」

月の光に照らされて、高虎そのものが月のような笑みを浮かべた。

「おまえは新しい風を、俺の元へ運んできた。世の中を知っていたつもりの俺に、まったく別の世界を見せてくれたのだ」

空良といることにより、これまで見ていた景色に鮮やかな色がつき、聞こうともしていなかった音が耳に届いてくる。自分が変わっていくのを感じたと。

そして、その変化は自分ばかりではない。空良の影響を受けて、人が変わっていく様を、まざまざと見せつけられたのだと言った。

「空良と過ごしていると、様々なことに気がつく。些細《ささい》な変化も喜びに変わった。そうしているうちに、俺の中に新たな欲が生まれた」

――この者と添い遂げたい。同じ物を見聞きし、同じように感じていたい。と。

「惜しくなかった命が、惜しいと思うようになった」

戦に出掛けるとき、これまでは玉砕の覚悟で挑んでいたのが、如何《いか》に犠牲を出さずに勝利を収められるかと考えるようになった。自分のために命を懸けてくれる兵たちを、愛しく、有り難いと思うようになった。

「一万の兵を率いるとき、一万という塊《かたまり》ではなく、尊い命ひとつひとつが一万人分あるのだと、考えるようになった」

高虎の考えの変化に家臣たちが気づき、彼らも変化していったと、高虎は言う。

「世の中は尊いもの、美しいもの、優しいものに満ちている。それを教えてくれたのは、空良、おまえだ」

高虎が空良の手を取った。大事そうに自分の掌に包み、自分の唇へ持っていく。

そして空良の名を呼び、空良を見上げた。

「俺の元によくぞ来てくれた。おまえと出逢えたことが、俺の宝だ」

得難いものを俺は手に入れたのだと、そう言って嬉しそうに目を細め、高虎が微笑んだ。

自分の膝にいる高虎を見つめながら、胸に温かいものが込み上げてきた。

「旦那さま」

同じだったのだ。

高虎との出逢いで自分は生まれ変わった。それと同じ思いを、夫も抱いていた。

空良の指先を弄《もてあそ》びながら、高虎が月を眺め、波の音を聞いている。「いい夜だ」と言って、空良を見つめ、優しく微笑む。

「身体も心も十分に解《ほぐ》れた。良い休息をもらったな。明日からはまた仕事に精進できそうだ」

そう言って笑う高虎の瞳には、先ほど剣を振るっていたときのような、思い詰めた気配が、一切消えていた。

「しばらくしたら、また今夜のような休息が取りたい。いいだろうか」

「ええ。いつでも。このように二人でのんびりとした時間が持てるのは、空良も嬉しいです」

空良の返事に高虎が「そうだな」と頷き、それから深く優しい声で、ありがとう、と囁いた。


海岸沿いの雑木林の中に立ち、空良は雲を見つめていた。薄衣《うすぎぬ》のような雲が、切れ切れになりながら、海に向かって流れている。

空良の周りでは、高虎や魁傑、それに他の家臣たちが、柵作りの作業をしていた。

歯抜けになっていた防風林を新たに作り直すために、若松を植え始めたのは、今から一月前だ。

季節は秋になり、頻繁に大小の嵐が日向埼を襲うようになっていた。その暴風から松を守るために、柵を立てているところだった。若木の周りを柵で囲い、つっかえ棒で補強する。

働いているのは城の者たちばかりで、労役に駆り出されたのは、ほんの数人しかいなかった。稲の収穫の時期に入り、そちらを優先させてくれとの陳情が三人衆から入り、働いてくれるはずの小作人たちが、自分たちの仕事に勤《いそ》しんでいるためだ。

収穫が終われば一段落つくはずで、そうすれば滞り気味だった領地の改革が一気に進むと期待をしているが、どうなるのかは分からない。

相変わらず領民は、高虎の命令よりも日向埼を牛耳る三人衆の言うことを聞く。孫次たち三人衆は、領民の代表の顔をして、何かあるたびに高虎の元を訪れる。そして「恐れながら」と言いながら、自分たちの主張を通そうとするのだ。

「空良、あらかた終わったぞ。これで松は大丈夫か」

防風林の保護の指揮を執っていた高虎が、空良に声を掛けた。

領主としての高虎の地位は、依然として漠然としたものだが、彼も変わらず精力的に活動している。三人衆の話を聞き、こちらからも働きかけ、領民の信頼を得ようと、辛抱強く努力していた。

二人で夜の浜辺に出向いて以来、高虎は更に活力を増したようだ。頭の痛くなるような領民たちの態度にも、いずれ理解させてみせると、豪快に笑っている。その笑顔は心からのものだと、空良には分かっていた。

あれから二人は、夕方に城の周りを散策したり、月の綺麗な晩は、また浜辺に出掛けていったりと、ゆったりとした時間を過ごすようになった。そんなときの高虎は、どんな鎧《よろい》も纏わずに、自然体で空良に甘えてくれるのだった。

「先週の嵐は今までになく激しかったからな。松が無事でいてくれてよかった」

若松が柵に囲まれた光景を見て、高虎が言った。

「稲の収穫は、もう終わったでしょうか」

雲の流れを確かめながら、空良は水田の様子が気になった。

もしまだのようなら、今のうちに急いで収穫をしておいたほうがいいと、雲の流れを見て思った。とても悪い予感がする。

空良の懸念を聞いた高虎が、魁傑に声を掛け、作業に出向いている小作人を連れてこさせた。

「稲の収穫のほうは、あらかた終わっているのですか？」

空良が問うと、小作人は額《ひたい》に垂れた汗を拭いながら、「明後日《あさって》には」と答えた。

「収穫が差し迫っているから、他の方たちは今回の作業をご辞退されたのですよね」

空良の言葉に、魁傑が小作人にグイと近づいた。

「まさか貴様ら、労役を免れるために適当なことを言ったのではあるまいな……」

魁傑に怒りの形相で迫られ、彼らはブルブルと首を横に振り、「仕方がねえのです」と、必死に言い訳を募る。

「先週の大雨で、濡れた稲がまだ乾ききっていないのです。あと二、三日は干さねえと」

先週見舞われた嵐は、風よりも雨の勢いが強かったために、やむを得ず収穫を遅らせているのだと言った。

「確かに、濡れたままでは収穫できませんが、もう五日は経っているのですから乾いているでしょう。今日の内にすべて刈っておいたほうがいいです。急ぎましょう」

「しかし、晴れてますよ？」

薄い雲の切れ間に青空が覗いているのを指し、彼らが不思議そうな顔をした。

「完全に乾かしたほうがええですので、もう少しあとでも……」

「今は晴れていますが、今夜には嵐が来ます。今日、このまま稲をすべて刈らないと、全部駄目になりますよ」

空良の真剣な声にも、小作人たちは薄ら笑いを浮かべている。

「大丈夫ですよ。少なくともあと二、三日はもちますから」

この地で長いこと暮らしている彼らは、確信を持って、雨は降らないと断言した。先週のような大きな嵐が過ぎ去ったあとは、しばらく晴天が続くのだと、経験上知っているのだ。

だが、空良は彼らの言葉を「いいえ」と強く否定した。

「通常はそうなのでしょうが、今回は違います。雲の流れが速いし、あれが繋がって、大きな雨雲を海の上で作ります」

切れ切れになっている雲は、急速な速さで成長している。ここから見上げる空は晴天だが、あの雲たちが渦巻き状に形成されていく気配が、遠くから漂ってくるのだ。

小作人たちが言うように、本来なら先週の大嵐の名残がまだ上空に留《とど》まっているため、海からやってくる次の嵐を押し戻してくれるのだが、今海の上で急速に育っているものは、それらを押し出すほどの強さに発達する。

「悪いことは言いません。直ちに水田に帰りなさい。そして、農地にいる人たちに、凄まじい大嵐がくると伝えるのです」

いつになく強い口調で告げる空良に、小作人たちが困惑の表情を浮かべている。「早く」と急《せ》かしていると、高虎が「それは確かか」と、深刻な顔で聞いてきた。

「はい。今までになく大きな嵐が迫っています。今夜、少なくとも明日の朝が明けるまでにはこちらへやってきて、すべてをなぎ払います」

うなじの辺りがピリピリする。空良がこんなふうに感じるときには、決まって災害が起こるのだ。

「分かった。皆の者、手分けして領土全域に危険を知らせろ。港へも走れ。船を固定し、嵐が過ぎるまで近づかせないように。手の空いた者は農地へ向かい、収穫の手助けをしてやれ」

高虎の命令に、小作人らが慌てて「いや、平気です」と、手助けを固辞した。

「しかし時間がないぞ。あれだけの広大な農地を、一日で刈り取るのだぞ。人手があるにこしたことはない」

高虎が強行に押し出すが、彼らは強く首を振って「大丈夫」と言い張った。そして、ちゃんと皆に伝えますからと言い置いて、逃げるようにその場をあとにするのだった。

「……あやつら、我々に収穫の様子を知られるのが嫌なのですな」

走って行く領民の後ろ姿を睨みつけながら、魁傑が低い声を出した。

「よほど後ろ暗いことがあるらしい。あんな奴らの米など、すべて駄目になってしまえばよいのです」

憎々しげに言い放つ魁傑を、高虎が叱《しか》りつける。

「狭量なことを言うでない。米が駄目になれば、こちらも収税が減るのだぞ」

「なに、そうしたら、隠し財産から取り立てればいいのです」

魁傑はここ三月の間の領民たちの態度に、ようよう我慢の限界が訪れていたらしく、悪魔のような顔で「窮してしまえ」と呪詛《じゅそ》を唱えている。

「……そのようなことをすれば、これまでの領主と同じになるではないか」

高虎が苦笑交じりにそう言い、魁傑はハッとしたあとに、バツの悪い顔を作るのだった。

「よし、三人衆に会いに行くぞ。片腹痛いが、俺が諭すよりもあやつらに先導してもらったほうが早い」

領主としての矜持よりも、民を守ることを優先する高虎は、そう言って馬に跨《また》がった。

三人衆の説得のために、手分けしていくことにする。高虎は城下町へ、魁傑は農地へ、そして空良は港へと、馬を走らせた。

空良が港へ辿《たど》り着くと、そこは平常と変わらない様相をしていた。海の変化に敏感な彼らも、災害の予兆にまだ気づけないでいるらしい。

「孫次さまはどちらへいらっしゃいますか」

馬に乗ったまま大声を上げる空良に、港の人たちはポカンとする。

「急いでいるのです。孫次さんのもとへわたしを連れて行きなさい。それから、船はこれより先、海に出さぬよう。しっかりと付け柱に繋ぎ、流されないようにしてください」

矢継ぎ早に命令を下す空良を、彼らはやはり呆気に取られた顔をしたまま見上げている。

「早《はよ》う取り掛かってください。これから大嵐がやってきます」

空良が彼らに向かい叫んでいると、「……何事ですかな」と、孫次が近づいてきた。不遜《ふそん》な顔つきはいつもと変わりなく、何を言っているのかと呆れた顔をしている。

「雲が渦を巻いています。夜半には大嵐が襲ってきます。被害を未然に防ぐため、わたしの指示に従ってくださるようお願いします」

空良の必死の声にも、孫次たちは薄ら笑いを作り、一向に動こうとしない。

「何をしているのです！　早う動きなさいっ！」

空良は腹の底から声を出し、笑っている者たちを恫喝《どうかつ》した。

「未曽有《みぞう》の大嵐がやってくるのですよ！　船を繋ぎ、漁には出るなと申しているのです」

「……恐れながら」

孫次が慇懃《いんぎん》に申し出たあと、ギラリとした視線を空良に向けた。

「海のことは私ら漁師が一番分かっております。嵐など、何処にも予兆がないではないですか。何を根拠に……」

「ここからは見えませんが、雲が海の上で渦を巻いています。空を見てみなさい。鳥が一羽も飛んでいない」

空良の指摘に、周りの人たちが上を向いた。

「皆、これから起こることを察知して、安全な場所に避難しているのです。鳥を見習って、あなたたちも早う逃げる準備をしなさい」

空良の話を半信半疑で聞いていた連中も、その迫力にソワソワとし始めた。俄にざわつき始めた周りの反応に、孫次がチ、と舌打ちをする。

「鳥が見当たらないなど、別に珍しいことではありません。急にそのようなことを言われても、我々にも暮らしが」

「命のほうが大事です」

声を遮られた孫次が空良を睨み上げる。

「我々にとって命とは、食いぶちです。漁をしなければ、暮らしていけない。海は凪《な》いでいる。雨も降っていない。あんたの口車に乗せられて、漁をやめれば、今日の分の稼ぎがなくなってしまうのですぞ。その保証をどうするつもりか」

孫次の口調が急に変わった。慇懃な言葉遣いを捨て、空良を脅してくる。

「災害による保証は、ご城主がなんとかしてくださいます。まずはご自分たちの命の保証のほうをお考えください」

孫次が「へっ」と口を歪める。

「城主様が何をしてくれるというのだ」

「では今まで何もしていないと言うのですか？　高虎さまが何かをしようとするのを、悉《ことごと》く邪魔立てするのはあなた方ではないですか」

空良の鋭い声に、孫次がグッと詰まった。

「ここへやってきてから、高虎さまは、ずっとこの地をより良くしようと、日々考え、行動されているではありませんか」

毎日領地を駆け回り、民の声を聞こうと声を掛け続ける。

「あなたたちの理不尽な言い分に、耳を傾けてくださっているではないですか。海岸の松も、用水路の視察も、人に任せず、ご自分の手で行っているのを、あなたたちもご覧になっているではありませんか」

すべては領民たちが今以上に幸せになれるように、自分の身体を酷使し、理不尽な対応にも耐え、日々戦っているのだ。

「高虎さまがあなたたちに対して、不誠実な言動を一度でもしましたか。彼は今も、あなたたちのために、必死に働いておいでです。個人の感情を殺し、ただただ民の安全のためにと心を砕き、駆けずり回っているのですよ」

どれだけ空良の夫を苦しめるのか。

投げ出してしまいたいと、ほんの一瞬吐露した彼の苦しみを、あなたたちは想像もしないのか。

空良の中に、激しい憤りの炎が燃え上がった。

「わたしの夫を見くびらないでいただきたい」

空良も、魁傑も、城の者たちも、領民の心ない仕打ちに歯痒《はがゆ》い思いをし、憤っているのだ。蔑ろにされ続ける高虎の姿に、こんな民たちのために苦しむ甲斐などないではないかと、引き留めてしまいたくなる。

それでも高虎自身がまだ努力できると、歯を食いしばっているのだ。空良はそんな夫に寄り添い、彼の思いを汲み、彼が自由に動けるように補佐をするだけだ。

辺りはシンと静まり、空良の言葉を皆黙って聞いている。

空良に見下ろされた孫次が、オロオロと目を泳がせ、最後には俯いた。

「とにかく早急に避難の支度をしてください。夜から明日の未明に掛けて海は荒れます。備えておいて、何事もなければ、そのほうがいいのですから。……どうか」

祈るような気持ちで、空良は彼らに頭を下げた。

どうか空良の訴えを、自分の夫を、信じてくださいと。


空良の予見通り、夜が更ける頃には風が吹き始め、その勢いが早急に増していった。

先週の嵐のときは、雨の勢いのほうが強かったが、今回は風が凄まじい。城の中にいるのに、吹き飛ばされるのではないかと、恐怖するほどだ。

頑強な造りのはずの城が、風に嬲られギシギシと家鳴りを起こす。日付が変わる頃には、今まで経験したことのないほどの暴風雨に見舞われた。

城にいる者全員で、一睡もせずに荒れ狂う嵐を見守る。雨も風も一向に弱まる気配を見せず、時間の経過と共に、ますます勢いを増すのだった。

夜が明け、明るくなるのを待って、外へ様子を見に行っていた魁傑が、びしょ濡れの状態で城に飛び込んできた。

「城下の様子はどうだった」

高虎が駆け寄ると、魁傑は息が整わないまま、「酷い状態です」と言った。

「屋根が吹き飛び、潰れた家屋も多く見受けられました。倒壊した家の者は、無事な場所に移動するも、そこもまた危うい状態で、ここまで酷い嵐は、ここ数年なかったと、皆茫然としております」

城下の惨状に、魁傑自身も衝撃を受けているらしく、青ざめた顔を強張《こわば》らせている。

魁傑の報告を聞いた高虎が立ち上がり、被害を受けた者を直ちに城内へ避難させろと命令を下した。

「城内の何処でもいい。とにかく皆を連れてこい。怪我を負う者、年寄り、子どもが優先だ。冷えた身体を温められるよう、ありったけの湯を沸かせ。賄いの者は今のうちに飯を炊け」

城の者たちが、高虎の号令で外へ飛び出していく。

「助けがいる者の声を、どんなことでも聞いてやれ。普請の強化、戸板が要《い》ると言われれば、城から運んで構わない。労を惜しまず、なんでも手助けをするのだぞ」

空良も奥座敷に飛んでいき、上掛けや着物を運んできた。周りの者も空良に倣《なら》い、手拭いや羽織に至るまで、自身の持ち物を差し入れてくる。

やがて家を失った領民たちが、家臣たちに連れられ次々と城へ入ってきた。

それらをすべて迎え入れ、手当てを施し、汚れた身体を湯で洗い流してやり、握り飯を配った。

領民たちは大人しく空良たちに面倒を見られていた。城内に入ったことなど一度もない者がほとんどで、皆茫然とした様子で、城の中を見回している。

「心配することはありません。嵐はもうすぐ過ぎていきます。嵐が止んでも、いつまででもここにいていいですからね。家は建て直せるし、濡れた着物も乾けば元通りですから」

空良は努めて快活に振る舞い、幼い子には甘い菓子を与え、人々が不安を持たないように励ました。

そうしているうちにも、避難してくる人の数がどんどん増えていく。時間が経つにつれ、城下町からだけではなく遠くの農地からも、城を開放しているという噂を聞きつけ、家族でやってくる者もいた。

忙しく立ち働いているうちに昼近くになり、漸く雨が上がった。風はまだうねっているが、一番酷い時期は過ぎたようだ。

空良は自分の着物を分け与えた代わりに受け取ったものを手に、井戸まで行き、それらを丁寧に洗って干した。着物の数は大量で、何度も水を汲み、一枚一枚丁寧に洗っていく。

気がついたら、避難してきた人たちが、側《そば》に寄ってきて手を出してきた。無言で差し出される手に、洗っていた着物を渡すと、空良のいた場所をとられ、彼女らが仕事を引き継いでくれ、洗い物を始める。

周りを見渡してみると、城の者たちに混じり、炊き出しを手伝ったり、木の板を運び出したりしている人がたくさんいた。

城の者も町民も関係なく、動ける者が動けない者を助け、手を貸している。

「空良、少しいいか」

高虎が空良を探して表に出てきた。

「農地近くを流れる川が、増水しているらしい。何処が危ないか分かるか?」

高虎の問い掛けに頷き、空良は広げられた地図に印を付けていった。

「こちらの用水路は堰《せ》き止めてください。ここは、今のところは放っておいても構いません」

「よし。土嚢《どのう》を運び、この地点に積み上げるのだ。向こうへ行ったら、水田の様子を隈無《くまな》く調べてくるように。また、困っている者があれば迷わず手を貸してやれ」

空良の意見を汲み、高虎が直ちに臣下たちに命を下す。

「あのう……、家の近くに小川があるんだが……大丈夫でしょうか」

不意に横から声がして、話を聞く。

「どの辺ですか?」

ここでも領民たちが空良と一緒に地図を覗き、どうすればいいかと指示を仰いでくる。

その中に、昨日労役に出ていたあの小作人がいた。

「収穫は無事に済ませられましたか?」

空良が聞くと、小作人は泣き笑いのような顔を作り、「半分と少しほど」と言った。

「……そうですか」

あれだけ訴えても、信用しなかった人がいたのだ。

「ですが、全部駄目になったのではなくて、よかったです」

空良の声に、小作人が「済まねえです」と謝った。

「話を持ってったんだけども、やっぱりみんな明後日でええ、って、聞いてくれなかったんだ。でも、あの、鬼みてえな顔した人が、棒を持ってやってきてな、やれ刈り取れ、殺すぞって脅されて、そんで、漸く半分を無理やり収穫させられたんですわ」

小作人が苦笑いを浮かべ、「怖かった」と言ったので、空良は思わず笑ってしまった。

窮してしまえと呪詛を吐いた魁傑だったが、領民たちの尻を叩いてくれたのだ。

「『あの方の予見は絶対に外れない』って、みんなを追い立てて、自分も鍬を振るってくれました。まったく凄まじい勢いで、牛並みの働きでしたわ。みんなが圧倒される始末で」

大切に育てた稲なのだろうと、魁傑は誰よりも率先して力を貸してくれたのだと、小作人が言った。

昼過ぎになり、うねっていた風も止み、お日様が射してきた。人はますます増え、お互いの被害状況を報告し合っていた。その頃には、高虎や空良にどうしたらいいかと相談を持ちかけてくる人が列を成すようになっていた。

高虎は、家が倒壊してしまった人の借宿の手配や、修繕がいる家には、人手や材料を入手する算段を直ちに指示した。空良も入り用なものを聞いて回り、何処からそれらを調達するかなど、高虎に代わり采配して回った。

用事は減るどころかどんどん増えていき、目の回るような忙しさになっていく。

城内を走り回っていてふと気づくと、孫次、彦太郎、五郎左の三人衆がいるのを見つけた。

高虎が領民のために城を開放していることを聞き、様子を見にやってきたようだ。

彼らは城に集まった人々の様子を確かめ、それから三人で顔を突き合わせるようにして何やら相談をしていた。そのうちに幾人かの人が近づいていき、深刻な顔で話し合っている。

空良が彼らに近づくと、そこにいた人たちはハッとした顔をして、三人衆以外の人々が急いで離れていった。

恐らく隠し倉のことについて相談していたのだろうと推測する。

「船はあれから出したのですか？　港はどのような状態ですか？」

孫次に尋ねると、彼は空良に対し、深々と頭を下げた。

「一旦漁に出た船もあったのですが、外海に出たら、いつもと違ったということで、すぐに引き返したので、死人は出ませんでした」

そう言って、気まずそうな笑顔を作る。

「あなた様のおっしゃったことは、本当でした。せっかく教えてくださったのに、あのような態度を取ってしまい、……申し訳ございませんでした」

空良が港で避難を呼びかけ、去っていったあと、それでも沖に出て行った船は何艘《なんそう》かあったのだ。そしてあまりにも静かな海の様子に不気味さを覚え、皆引き返した。空良の助言を聞いていなければ、そのまま漁を続けていただろうと言って、顔色を青くしている。

「お蔭様で船も人も避難が間に合い、あの規模の嵐にしては、最小限の被害で済みました」

激しい波に煽《あお》られ桟橋にぶつかった船もあったらしいが、大破も沈没も免れ、なにより人死にが出なかったことが奇跡的だと言って頭を下げる。

孫次の言葉は丁寧で、そこにいつものような無礼さは感じなかった。心底感謝し、謝罪していることが感じられ、空良も心からの笑顔になる。

「死人が出なくてよかったです。命は何よりも大切ですから」

孫次たちが再び頭を下げ、「それでは」と言って、去って行こうとするのを呼び止めた。

「もし、海のほうへ行くなら、今日のうちはやめておいたほうがいいです」

振り返った孫次が、なんのことだと首を傾げる。

「先ほど集まっていた人たちは、先に倉に向かっているのですか？　海なら引き留めたほうがいいです。まだ危ないですから」

隠し倉の場所は未だに判明していないが、長い期間知られずにいることを思えば、普段は目に止まらないところ、もしくは人が行きにくい、危険なところではないかと推測していた。

空良の「倉」という言葉に、彼らが一瞬で緊張したのが分かった。

「……はて、なんのことやら」

上目使いで空良を見つめ、三人共々がとぼけた顔を作っている。

「隠し倉のことだ」

突然の声に、三人衆が同時に飛び上がった。彼らの後ろに高虎が立っていたのだ。


「今朝の嵐で倉がどうなったのか気が気でないのだろう。だが、様子見はやめておけ。空良が言うのだから、海は危ないと心せよ」

三人衆は目に見えて動揺していた。ダラダラと汗を垂らし、彦太郎などは震えている。

「よい。そなたたちを罰するつもりはない」

高虎の言葉に、一瞬顔を上げかけ、やはり目を上げられずに俯いている。周りの人々も、事の経緯を、息を呑んで見守っていた。高虎が辺りを見回すと、目が合うのを避け、皆が顔を伏せる。

高虎が言っていたように、隠し倉の存在を、ここにいる全員が知っているのだと、彼らの様子を見て、空良は確信した。

「隠し倉のことは随分前から知っていた。今年が豊作で、年貢の納付も、領民の暮らしにも影響がないようであれば、しばらくは目を瞑っているつもりでいた」

改革が進み、このような大嵐にも耐えうる暮らしが確立されれば、隠し倉など作らなくてもよくなる時がくると思ったと、高虎は、周りにいる全員に言い聞かせるように語った。

「我々はそなたたちから必要以上の搾取を行うつもりはないのだ」

努めて穏やかな声で、高虎が言い募る。

「これまで、そなたたちは随分と辛い思いをしたのだろう。そなたらのしたことは罪ではあるが、そうなるように追い詰めた、上の者の責任のほうが重いと考える」

朗々とした声が、城内に響いた。優しく、力強く、高虎が自分の考えを、真っ直ぐに民に伝える。

「俺は以前の領主のような無理な取り立てを行わないと約束しよう。そしてこれからは、より良い暮らしができるよう、手に手を取って、皆で励もうではないか」

城下町も整備し、用水路もきちんと確保しよう。防風林が育ち、風の抵抗を減らせるようになれば、やがて安定した収穫が見込めるようになる。時間は掛かるだろうが必ず良くなる。だから腰を据えて取り組みたいのだと、高虎が皆を説得する。

「我々だけの力では、為《な》し得ないことなのじゃ。倉のことは不問に付す。その代わり、我らのすることにも協力してくれ」

そしてできれば、隠し倉の詳細を、自分たちに開示してほしいと、高虎が申し出た。

「隠し事をしてほしくないのだ。互いに信頼し合わねば、改革は進められない」

心を込めて話す高虎の言葉を、孫次たち三人衆も、それを囲む人々も、頭《こうべ》を垂れて聞いている。

「……恐れながら」

やがて、孫次がゆっくりと口を開いた。

「少し、お時間をいただきとうございます」

「ああ、いいぞ。待とう。これまで三月待ったのだ。今更急ごうとは思っていない。ゆっくりと考えて、皆で相談し、返事をしてくれ。しかし、あと三月待てと言われたら、焦《じ》れるかもしれないがな」

おどけた声で高虎が言った。

そんな高虎に、孫次が再び深く頭を下げる。丁寧にお辞儀をするその口元には、微《かす》かに笑みが浮かんでいたことに、空良は気づいていた。


時間をくれと言った孫次たちが次に城を訪れたのは、嵐が去った二日後だった。

彼らは住民たちと話し合った結果、高虎たちを自分たちの隠し倉に案内したいと申し出た。

結論を出すまでに二日を要したのは、単純に、先の大嵐の事後処理に追われたということだったようだ。

「なんだ。随分早くに結論が出たのだな。一月は掛かるかと思っていたぞ。こちらも忙しくしていたのだがな」

孫次たちが結論を持って高虎のもとへやってきたときに、高虎はそう言いながらも、とてもいい笑顔を見せていた。

三人衆に案内され、空良と魁傑を伴い、高虎が隠し倉に赴いた。

そこは、港から少し上がったところにある、海に突き出た大岩だった。

注連縄が掛けられた岩までは、港から船で渡った。足場の悪い岩山を少し登ったところに祠《ほこら》があり、その祠の奥に倉へ通じる道が隠されていた。

「……おお、このようなところに造っていたのか。なるほど、神の宿る神聖な場所と思っていたから、まさかここに倉があるとは、思いもしなかった」

感心する高虎に、孫次たちは笑顔で奥へと招くのだった。

通路は狭く、人一人がやっと通れるようなところを歩いて行く。突き当たった場所はかなり広い空間になっており、そこに古米が積まれていた。麦の粉や塩などもあり、非常時に使えるようここに貯め込んでいたようだ。

量は膨大で、天井に届くほど堆《うずたか》く積まれている。あの狭い通路を通り、よくもまあこれほどの物資を貯めていたものだと驚いた。

一抱えほどの米を袋に詰めて、何度も往復して運び込んだと孫次が言った。

「豊作の年も、不作の年も、変わらず大量の料を課せられました。先日のような嵐に見舞われ、田畑が壊滅状態になろうとも、ならば備蓄分を出せと、領民の分まで取り上げられました。我々に餓死しろというのかと、どんなに訴えても、聞き入れてはもらえませんでした」

この倉は、自分たちのよすがだと、孫次が言った。

己の利益しか考えない領主に絶望した彼らは、この倉を造った。不作の年も、戦に巻き込まれ土地が荒らされたときにも、この倉が領民の暮らしを支えてくれた。

その大切な倉を、彼らは初めて領主に開示してくれたのだ。

あの大嵐以降に倉に入ったのは、孫次たちも今日が初めてだったらしく、海水が中まで上がっていなくてよかったと喜んでいる。

「近年にない嵐だったので、肝を冷やしました。しかし、我々にはなんの予兆も感じとれなかったのに、よくあれが襲ってくるのが分かりましたな」

空良があの大嵐を予見したことが、今でも信じられないと言って、三人共が感嘆の声を上げた。

特に農地の統括を担っている彦太郎は、「あのときちんとお話を聞いておれば」と、収穫の半分を駄目にしてしまったことを悔んでいた。

「今回の嵐で打撃を受けた分を、ここにあるもので賄えるか？」

倉に積まれた物資を眺め、高虎が彦太郎に聞いた。

「収穫が半分になってしまったので、毎年納めている石高までは……難しいかと」

「それはよい。領民に行き渡るかと聞いておる」

高虎の問いに、彦太郎は積まれた米を目算しながら、「それなら、ええ、大丈夫でございます」と答えた。

彦太郎の返答に、高虎は「ならばよい」と頷いた。

よかったなと言って笑う高虎を眺め、彦太郎が困惑の表情を浮かべている。

「しかしながら、それでは領主様に納める分が……」

領民に配ってしまえば、国の利益として計上する分がなくなってしまうという訴えに、高虎は尚も笑い、「よい、よい」と言うのだ。

「年貢としての出来高は見込めなくとも、領民が窮することがないのであれば、それでよい」

領主として着任した初年に、大幅に評価を下げることになるが、高虎はそれでも構わないと言った。

「自然を相手にしているのだ。こういう年もあろう。その頻度を減らすためにも、領地の改革が必要なのだ。第一に守るべきは、ここ日向埼に住まう領民そのものだ。数字を上げるために領民を苦しめたのでは、本末転倒というものであろう」

国力とは人の力だ。土地が肥沃でも、人の力が弱ければ、良い国とは言えないのだ。

「石高を羨まれるのではなく、あの地へ行けば、誰もが笑って暮らせると、そう思われる国を造りたいのだ。それが俺の思う国じゃ」

強い国を造るぞと、この土地へやってきた当初、高虎が言った言葉を再び繰り返す。

収穫は減り、おまけに数年に一度という災害に見舞われ、その保全もしなければならないのに、高虎は未来のこの国の有様を語り、快活に笑う。

「しかし、損失分はなんとかせねばならぬ。この上は救援を頼もう。魁傑、隼瀬浦に危急の文を送れ」

魁傑に隼瀬浦への知らせを命じた高虎は、空良のほうへ顔を向け、「親父殿に『何をしておるのだ』と笑われそうだな」と言った。

まだ敵わないと言って笑う高虎の顔を眺め、空良は一緒に笑いながら、暗く長い通路から漸く抜け出たような安堵を覚え、輝く光の眩《まぶ》しさに、目を細めたのだった。


「……おのれ孫次、貴様、なんということをしてくれたっ、そこへ直れ！」

日向埼城の城内に、地を揺るがすかのごとく、怒号が響き渡る。

名指しされた孫次が顔色を失い、震えながらひれ伏した。

肩で息をしている高虎は、鬼の形相で孫次を睨みつけ、片手は刀の柄を握っている。その傍らでは、魁傑が忍ぶように目を瞑ったまま座していた。

高虎の怒りに触れた孫次は、そのあまりの恐ろしさに「ひ、ひぃ、ひぃい」と、喉《のど》を絞るような悲鳴を上げ、ただただ床に額を擦《こす》りつけている。

「旦那さま、どうかお怒りをお鎮めくださいい」

空良が懸命に取りなすが、高虎の怒りは容易には収まらず、気だけで人を殺してしまいそうな、あの殺気を孫次に向けて放っている。

「旦那さま、孫次さまは何も悪くないのです。わたしが皆さんの忠告も聞かずに、勝手な真似をしてしまったゆえ、こうなってしまいました」

孫次を庇《かば》い、高虎の怒りを鎮めようとする空良の髪は濡れており、ポタポタと床に滴《しずく》を垂らしていた。出掛けるときに着ていた着物が駄目になり、代わりに孫次のものを借りていた。

そんな空良の有様を見せつけられた高虎が、ますます眉を吊り上げ、「おのれ、孫次っ！」と、叫ぶのだった。

どうしてこのような状況になっているのかといえば、海での単純な事故だった。

本日、空良は孫次の持つ船に乗り込み、外海へ連れて行ってもらっていたのだ。船から見る海の様子と、そこで働く人々の仕事ぶりを見てみたかったからだ。

高虎に許可をもらい、勇んで船に乗り込んだ空良は、海で泳ぐ魚を追うあまりに身を乗り出しすぎて、そのまま落っこちてしまったのだ。

漁師たちは手慣れたもので、すぐに空良は救出され、着替えを借りてその後も海の視察を続けたのだが、城に帰ってきた空良の姿を見た高虎が驚いたのだ。訳を聞かれ、海に落ちたと報告をした結果、高虎を激怒させてしまった。

「海に落ちたなど、どうしてそのような危険な目に遭《あ》わされたのだ」

「そうではありません。誰のせいでもなく、わたしの自業自得でございます」

「危険に対する管理がまったくできていない。そのような危険な船に空良を乗せ、あまつさえ突き落とすなど……っ！」

「旦那さま、空良は誰にも突き落とされてなどおりません」

「しかし海に落ちたのだろうが」

「自分で落ちたのでございます」

　空良のこととなると正気を失ってしまう高虎が、海に落ちたという事実だけで取り乱し、話が堂々巡りになっている。

「とにかくわたしは無事に戻ってまいりましたし、孫次さまには助けていただいたのです。礼を言うどころか叱りつけるなど、孫次さまが可哀想《かわいそう》ではないですか」

「庇いだてするのか」

「理不尽なのは旦那さまなのですから、庇うのは当然でございましょう」

「……ぬう」

　空良に押された高虎がぐうの音《ね》も出せずに喉を鳴らす。孫次の着物を着せられた空良の姿を見て、また激しく眉を吊り上げた。

「とにかく着替えてまいれ。誰か！　風呂の支度をしろっ！　……誰もおらぬのか！　風呂だ！　風呂！」

　いつもは飛んでくるはずの家臣たちは、高虎の怒号を聞きつけた途端に避難をしたらしく、誰もやってこない。

「なにゆえ誰もいないのじゃっ！」

ドカドカと足を踏み鳴らしながら、高虎が部屋から出て行った。

「……孫次さま、本当に申し訳ございません」

高虎がいなくなった部屋で、空良は改めて孫次に謝る。孫次はまだ恐怖が去らないのか、身体を震わせていた。

「わたしの不注意なのに、あのようなことになってしまい、本当にすみません」

「……いやはや。恐ろしゅうございました。温厚な方だと思っておりましたのに、お怒りになると、あれほど恐ろしいものに豹変されるとは」

「何を言う」

それまで置物のように気配を消していた魁傑が、口を開いた。

「空良殿がいらしたから、あの程度で済んだのですぞ。激昂《げっこう》したあの方を抑えられるのは空良殿しかおりませぬゆえ。もっとも、怒りの源も空良殿に起因するのでありますが」

「それならわたしがいないほうがよいのでは……」

自分が元凶なのかと落ち込む空良に、魁傑が慌てて「いやいやいや！」と腕を振った。

「空良殿がいなくなりなどすれば、高虎殿がどれほどの暴れようとなるか。この日向埼は滅んでしまいますぞ」

魁傑の言葉に、孫次が「それほどに……？」と目を見張る。

「三雲の鬼神と呼ばれるお方ですぞ。戦場に出れば、あんなものでは済みませぬ。貴殿らは初めの頃、随分な態度を取っておったが、よく生き残れたものだと感心いたす」

高虎の本気の恐ろしさを目《ま》の当たりにし、当時の自分たちの行動に思い至った孫次が、改めて顔色を悪くしながら自分の首を確かめた。

空良たちが日向埼にやってきてから、四ヶ月が経った。あの大嵐の日からは、一月あまりが経過している。

あの嵐を最後に、日向埼の気候は小康状態を保ち、それと入れ替わるようにして秋が急速に深まっていった。

そして、領民と領主との関係も今は良好となり、忙しくも平穏な日々が続いている。

高虎は、孫次、彦太郎、五郎左に、各職種の頭領としての役職を与え、引き続き引き立てている。三人衆は今までの関係が嘘のように高虎を崇拝し、領地の改革事業にも、積極的に携わるようになった。

領民たちも、喜んで高虎に協力する。高虎が馬に乗って領地を回れば、以前とは別の思いを以て頭を下げるようになった。そして丁寧な挨拶をしたのちには、自分の領地を治める高虎を、笑顔で見送るのだった。

嵐で町も農地もだいぶ打撃を受けたが、これを機会に、城下町は大々的な区画整理を行うことにした。道を整え、町並みを揃え、機能的で美しい城下町へと変貌しつつある。同時に防風林の整備や、農地の用水路や川の利用など、自然の利を活《い》かした灌漑事業へも着手した。

高虎の指揮の下、空良が彼を補佐し、また魁傑などの家臣がその下で働く。同時に三人衆が、領民との間に入り橋渡しをするという仕組みが出来上がり、国の政策は、これ以上ないほど滑らかに進むようになった。

高虎と共に、空良も忙しく過ごしている。毎日の業務に加え、ここ最近では新しい仕事が一つ増えた。

毎朝、起きてすぐにその日の天候を占い、城の櫓に旗を立てるのだ。雨の日には青色の旗、晴天の日には真っ白な旗。その他にも海が荒れそうなときや、殊《こと》の外風の強い日など、旗の色で天候の移り変わりを、いち早く領民に知らせるのだ。

その旗を城下の人が確認し、それを港や田畑に伝え、改めて旗を立てて知らせるという仕組みだ。空良の知らせた予報旗は、日向埼のあちらこちらに立ててあった。

空良の予見はここでも信頼され、欠かせないものとなっていた。

「『三雲の鬼神』……、それでは、あれは本当のことなのですか？　いつか芝居小屋でやっていたという、鬼神伝説は」

孫次が魁傑に聞いた。

「いかにも。吉田の松木城を水攻めにて落としたのは、紛れもなく我が三雲軍でござる」

魁傑が胸を張り、孫次が「ほおぉ」と、感嘆の声を上げた。

「お主、芝居を観たのか？　だいぶ評判になっていたと聞いたが」

魁傑が興味津々《しんしん》といった態で、菊七たちが演じた芝居の様子を聞いている。

「ええ、私は観ませんでしたけど、えらい評判でしたからねえ。何故観なかったのかと、今更後悔していますよ。是非観とうございました」

孫次の話に魁傑が大きく頷き、「よし」と、膝を打った。

「一座を呼べるように働きかけることにする。向こうもきっと喜んでやってくるだろう」

「そりゃあようございます。領民がこぞって押しかけるでしょうな。なにせ物語のご当人がこの地におられるのですから」

「その芝居には、なんというか、……拙者の役も登場しているという話なのだ」

孫次が「へえ、それは楽しみ」と言い、魁傑が得意げな顔をした。

対立していた頃は、顔を合わせれば睨み合っていた二人だが、和解をしてからは妙に馬が合うようで、一座を再び日向埼に呼ぶ算段を相談し合い、その暁《あかつき》には揃って観に行こうかと、約束を交わしている。

「『三雲の鬼瓦』と呼ばれている役ですな」

「いいや、それはまた違う人物だ。拙者はまあ……、『弁慶』などと呼ばれているようだ」

照れくさそうな魁傑に、孫次が「ほうほう」と相づちを打つ。

空良が観た芝居では、魁傑役はかなり滑稽《こっけい》な様子で演じられていたから、本人が観たらどう思うだろうかと、少し心配になりながら、空良は魁傑と孫次の会話をニコニコしたまま聞いていた。

やがて、再び大きな足音と共に城の主が戻ってくる。

「空良、風呂の用意ができたぞ。速やかに入れ」

鬼神の再来に、孫次があたふたと帰り支度を始める。

「着物は燃やしてしまえ。不愉快極まりない。あんなものはこの世に残しておけぬからな。跡形もなく始末してくれる」

廊下から聞こえる容赦のない声に、孫次が「ええ……」と、声を漏らし、魁傑は再び目を閉じ、先ほどと同じように置物と化すのだった。


高虎に呼ばれた空良は、湯殿へ向かって廊下を渡った。

日向埼城の湯殿は、隼瀬浦の屋敷にあった蒸し風呂とは違い、板を並べて作った箱に、湯を入れて中に入る施設だ。隼瀬浦では自然に湧き出た温泉でしか湯に浸かることはなかったが、ここでは毎日のようにそれができるので、空良はここの湯殿がお気に入りだった。

着替えのための小袖を自ら運び、いそいそと湯殿に向かう空良のあとを、高虎が無言でついてくる。

脱衣場で孫次に借りた着物を脱ぐ間も、高虎が腕組みをしたままじっと睨んでいるのでやりにくい。

「あの、旦那さま、脱ぎにくうございます」

「では手を貸そう」

「いえ、そうではなく、あの……」

空良が断る間もなく高虎が近づき、帯を解かれた。強い力で一気に引かれて、空良の身体がくるりと一回転する。

強引な仕草で着物を脱がされ、そのまま湯殿へ入ろうとする空良の後ろで、高虎まで脱ぎ始めた。

「旦那さまも入るので？」

「そうだ」

「ですが、まだお勤めが残っているのでは」

時刻は夕方に迫っているが、高虎の公務はまだ終わっていない。魁傑と打ち合わせをしている途中で、空良が戻り、そのまま海での視察の報告になり、高虎が激昂して今に至るのだ。

「魁傑さまが広間で待っていらっしゃいますよ」

「いいのだ。今日はもう仕事は終わりにする」

こうなってしまった高虎は、もう誰の言葉にも耳を貸さなくなるのを知っている。

「分かりました。では一緒に入りましょう」

空良の誘いに高虎がニッコリと笑い、そそくさと自分の着物を脱いでいく。遊びに出掛ける子どものようで、空良は思わず笑ってしまった。

二人で湯殿に入り、たっぷりと溜められた湯に浸かる。板で囲まれた湯船は大きくて、二人で入っても余裕があった。

高虎は空良に背を向けさせ、海水に浸かってしまった空良の髪を洗い流してくれた。

「ゴワゴワになっておる。塩水め」

海水にまで怒りを向ける高虎が可笑しくて、空良は笑いながら高虎に面倒をみてもらった。

秋の夕暮れ。冷えた空気に湯の温かさが丁度いい。髪を触る高虎の手の感触も気持ちよくて、空良は高虎に背中を預け、目を瞑った。夫と共に湯に抱かれ、眠ってしまいそうだ。

「寝るな」

眠気に誘われているのを察した高虎が、笑いながら空良を起こす。

「海に落ちたと聞いたときには、肝を冷やしたぞ」

空良の後ろで高虎が言う。

「あまり俺に心配をかけるな」

「はい。申し訳ありませんでした。ですが、孫次さまを叱りつけたのは、あれは可哀想でしたよ。孫次さまのせいではありませんのに」

空良の苦言に高虎がフッと息を吐き、「なに、本気ではない」と言った。

「あの者には以前随分と意地悪をされたのでな」

誰がどう見ても本気で怒っていたと思うのに、高虎はそう言って「ちょっとした意趣返しだ」と言って笑った。

「なかなか迫真の演技だっただろう？」

「お人が悪いですよ」

「そなたが他の男の着物を着て帰ったりするからだ」

怖い声を出し、「二度とするな」と空良を叱った。

分かりましたと返事をしながら、何にでも悋気《りんき》を起こす夫に苦笑する。

「それに俺の怒号など、あの者にとっては何ほどのこともないだろう」

「そんなことはありません。孫次さま、本当に怯えきってらっしゃいました」

「そなたの恫喝のほうがよほど恐ろしかったと評判だぞ」

「え……？」

一月前の大嵐のときに、避難を呼びかけるために港にいった空良が、話を聞かない孫次たちを怒鳴りつけたという話を、高虎は何処かから聞いたらしい。

「皆を黙らせたそうだな。流石俺の嫁様じゃ」

鬼神の嫁はそれ以上の鬼だったという評判が立っていると、高虎が嬉しそうに空良に知らせてくるから慌てて否定をする。

「そこまで恐ろしいことはしていませんよ。あのときは必死だったので、皆さまにお願いをしたのです」

鬼だなんてと困っている空良の背中に、高虎が唇を寄せた。

「俺は嬉しいと言っておるのだ」

そう言って、「こっちを向け」と、空良の身体を持ち上げて反転させ、自分の膝の上に乗せた。

向かい合わせになった高虎が、「嬉しかったのだ」と再び言い、花が綻ぶような笑顔になる。

「自分の夫を見くびるなと、怒鳴ったそうだな」

嘘ではないだろう？　と目を覗かれて、空良は「はい」と答えた。

「だって、とても……腹が立ったのです」

日々努力を続け、苦しみながらも民のために歯を食いしばる姿をずっと側で見守っていたのだ。それを分かろうともしない民に、生まれて初めてともいえる怒りの炎が、空良の中に点《とも》された。

「己のことにはどんな仕打ちにも笑って耐えるそなたが、俺のために憤ったことが、俺は心底嬉しい。空良……」

　高虎はそう言って、言葉通りの心底嬉しそうな笑顔を向け、空良の名を呼んだ。

　乞われるまま空良から顔を近づけ、夫の口を吸う。

「……ん」

　すぐに高虎の舌先が入り込み、口内を舐られた。クチクチと、湯とは別の水音が、湯殿に響く。

　高虎の唇が下へ移動すると同時に、身体を持ち上げられる。

「ぁ……ん」

　胸先に当たった舌で粒を転がされ、空良の口から甘い声が飛び出した。湯よりも夫の唇のほうが熱い。チロチロと舌先で擽《くすぐ》られて、腰が疼く。

「ん、んぅ、んっ、んあ」

　喉の奥がむず痒くなり、空良は眉根を寄せて刺激に耐えた。そんな空良の劣情を暴こうと、高虎の舌先が更に大胆に蠢き始める。

「……は、ぁ、ああ、んっ、……く、ぅ……」

　カリリと歯で挟み込まれ、そのまま左右に扱《しご》かれる。強く吸われたあとには、またチロチロと柔らかく撫でられ、空良は仰《の》け反った。自分から高虎の唇に身体を押し当て、ねだってしまう。

「もっと欲しいか」

空良の仕草に高虎が笑い、大きく口を開けて、強く吸った。

「あぁ――――」

背中が撓り、更に身体が仰け反っていく。チャプチャプと湯が揺れた。空良の身体が湯の中で小刻みに前後している。

「欲しいのか?」

高虎が再び問うた。

「ああ、旦那さま……」

期待の籠《こ》もった瞳で見つめられ、空良は高虎の耳元に顔を寄せ、そっと「欲しい」と囁いた。

空良の懇願を聞いた高虎が、力強く空良を持ち上げる。

「……足を開け。もっとだ」

目の前に晒《さら》された空良の身体を、もっと見せつけろと命令する。

「あ、……あ、……あ」

強い眼差しで見つめられて、空良は夫の命に従い、大胆に足を開いていった。

あられのない姿を目の前に晒された高虎がゆったりと笑い、「ああ……」と溜め息交じりの声を出す。

「美しいな」

「恥ずかしい……」

「そうではないだろう」

高虎に見つめられて、空良は正直に「嬉しい」と答えた。

「下りてこい」

腰を支えられて、ゆっくりと夫の上に腰を落としていく。

「んん、……ふ、は、ぁ、ん、……くっ」

高虎の怒張に己の後蕾《こうらい》を宛《あて》がい、呑み込もうと腰を揺らした。

「上手だ、空良。あと少し……」

夫に褒められたのが嬉しくて、空良は口元を綻ばせながら、更に身体を沈めた。

「ん、んっ、旦那さま……入っ……」

「ああ、入っていく。俺を呑み込んでいくぞ」

「ん……ぁ」

「中がうねっている。……嬉しいのだな……？」

「ん、……は、ぃ、嬉し……、んん、は、……は」

褒め言葉が嬉しく、空良は口元を綻ばせながら、夫を呑み込んでいく。

ああ、と高虎が呻く。

奥深くまで夫を招き入れ、空良は自分から腰を上下させた。

「ああ……空良。なんと……心地好い」

うっとりとした顔を見せ、高虎が喜んでいる。

「旦那さま……嬉し……あっ、ああ、んんっ、あ、ん」

強く突き上げられ、嬌声と共に顎が跳ね上がった。

「ああ、嬉しいぞ、空良。もっと動け」

空良に命令しながら、高虎も身体を揺らしている。

湯気で目の前が煙っていた。白い靄《もや》に包まれながら、空良は夢中で身体を揺らす。

高虎も空良の動きに呼応しながら、声を上げていた。

「空良……、ああ、空良、空良……っ」

何度も名を呼ばれて、そのたびに空良も旦那さまと、高虎を呼んだ。

小さく口を開け、喘ぎながら空良を見つめている高虎に顔を寄せ、口を吸った。繋がったまま身体を揺らし、舌を貪り合う。

「ああ、……ああ」

泣き声のような声を夫が上げる。

嬉しいのかと問う前に、夫の蕩けそうな顔がゆったりと笑い、空良を満足させてくれた。

やがて、白かった靄が色づきはじめ、だんだんと赤く染まっていく。

「旦那さま……、ああ、旦那さま……」

終わりが近いことを告げ、高虎の身体に倒れ込もうとしたら、また身体を持ち上げられ、動きを止められた。

「……いや、旦那さま、うぅ、ぁ、……や……っ」

すぐにも駆け上がりたいのに、意地悪に止められて、空良は首を振りながら夫に抗議した。

「ゃあ、……あ、ああ、も……っ、と、旦那さま」

高虎の瞳を見つめ、いやだ、止めないでと哀願した。

空良を見つめる高虎の瞳が妖《あや》しく光る。

「っ……ああっ！」

次の瞬間、ズン、と深く穿《うが》たれて、空良は嬌声を放った。

腰に当てられた指が、肌に食い込むほど強く握られた。突き上げられ、揺らされ、舌を舐られる。

呼吸もままならないような激しい責め苦に耐えながら、目の前に仄《ほの》かに見える光に向かって駆け上がっていった。

「ああ、……ああ、っ、あああ、っ、っ、あああ――――」

湯殿に空良の声が響き渡る。

絶頂と同時に締め上げ、高虎の眉がきつく寄った。

「く、……っ、は、はっ、……空良、……あ、ぅ、く……っ」

高虎が喉を詰め、もの凄い力で縋《すが》り付いてくる。

チャプチャプと、湯の音が耳に入ってきた。

高虎は空良の身体を強く抱き締めたまま、荒い呼吸を繰り返している。

立ち上る湯気の色が、夕日を反射させ、橙色に染まっていた。


稲のなくなった田園に、綿のような雪がサラリと被さっていた。

日向埼の雪は、海風が雪を攫《さら》えば跡形もなく消えてしまう、ごく儚《はかな》いものだ。

雪合戦ができるような雪の量はなく、少し物足りない気もするが、青空の下、海からの風が運んできた雪がキラキラと光る様はとても美しく、空良はその景色が大好きになった。

師走《しわす》が過ぎ、新しい年が明けた。

高虎と共に日向埼へやってきてから、早半年が過ぎていた。新しい国の領主となった夫と過ごす初めての年明けだ。

昨年の夏から今日までに、様々なことがあった。苦労も経験したような気がするが、もうほとんど思い出せないほど、遠い記憶となっている。それほど今が穏やかで、平和な日々だということだ。

「魁傑！　魁傑――ぅ、何処じゃ、何処におるのじゃ！」

廊下から騒がしい声が聞こえてくる。

「さては逃げたな。出てこい」

「誰が逃げるのですか。人聞きの悪いことをおっしゃいますな」

懐かしいやり取りに、空良は思わず微笑んだ。

「こう度々呼びつけられては、用事がはかどりませぬ」

「なんだとう？　我は客人であるぞ。客をもてなすのは城の者の勤めではないか！」

「その客人をもてなす準備に忙しく働いておるのですが！　邪魔ばかりが入るので！」

「我が邪魔をしているというのか！」

「しているではありませんか！」

言い合いをしながらの声がだんだん近づいてきて、二人の姿が見える頃には、空良は笑い転げていた。

「なんだなんだ。騒がしいのう」

高虎も姿を現し、その隣には阪木もいた。

次郎丸が避寒のために日向埼にやってきたのは、年が明けてすぐのことだ。孝之助は自分の故郷に帰っているため、今回は来ていない。

次郎丸の世話という名目でやってきた阪木は、昨年の大嵐の折に、高虎が隼瀬浦に救援を頼んだこともあり、日向埼の現状をよく聞いてくるようにと、高虎の父、時貞に託されていた。二人は時間があれば、お互いの国のことを報告し、これから二つの国で連携を取るために、頻繁に話し合っているのだった。日向埼の海の幸と隼瀬浦の山の幸を、互いの国で流通させ、上手く商売に乗せる方法を模索していた。

涙の別れをした日から僅か半年で、再びこのような賑《にぎ》やかな日を迎えられることが嬉しく、また驚きでもある。必ず会おうと約束をしたものの、これほど早くにそれが実現できるとは、空良も思っていなかったのだ。

その上、これからも隼瀬浦とは頻繁に行き来することになると聞かされ、飛び上がるほど喜んだ。

故郷と呼べる場所が、空良の中でどんどん増えていく。それはとても幸福なことだ。

次郎丸はこちらにやって来てから、二六時中魁傑の姿を探しては、呼びつけている。仕事が忙しい魁傑は、迷惑げな顔をしながらも、次郎丸の声にすぐに参上し、御伽衆を繰り広げようと、用意万端の構えだ。

「今夜は御前芝居が楽しめるのだろう? もう一座は到着しているのか?」

「もうそろそろ着く頃でございましょう」

菊七の所属する旅の一座が、再び日向埼にやってきていた。魁傑の並々ならぬ尽力によっての再演だ。

いつもは城下町に芝居小屋を建てて興行されるのだが、今日は次郎丸がいることもあり、特別に城に招くことになっていた。

一座の演じる「吉田松木城陥落、五月雨決戦の巻」は、城下でも評判で、連日満員御礼の札がでていると聞く。

「お主の山賊仲間が空良殿の役柄を演じるのだろう？」

「ええ、そう聞いております。拙者の役もあるようで、とても芸達者の者が演じているそうです」

「ほう。それも楽しみじゃ」

実際の演目を未だ観賞したことのない魁傑だが、先に観た孫次たちから「もの凄く重要な役割」「あの役なくしては語れない」などと大絶賛されており、期待がどんどん高まっている様子だ。

「なにしろ重要な役割なのだそうで、拙者も楽しみにしているのでござる」

「空良殿は観たのだろう？　どうじゃった？」

「ええ、そうですね。たいそう面白かったですよ。ですが、その、……やはりお芝居ですので、多少誇張して語られているというか、ご本人その者という、あれとは、また違い……、ええ、とても芸達者な方でした」

しどろもどろに答える空良に、次郎丸がよく分からないというように首を傾げるが、「まあ、観てのお楽しみじゃ」と、話を括り、そうこうしているうちに、一座が到着したとの知らせが入り、魁傑がいそいそと出迎えに行くのを、空良は複雑な思いで見送るのだった。

大広間に即席の幕がしつらえられ、芝居の準備が整った。

観客席には、来賓客の次郎丸を中央にして、その隣に高虎と空良、反対隣には魁傑と阪木が並び、後ろには他の家臣たちがひしめきあって座っている。広間に入りきらない家臣たちが、外から首を伸ばして舞台を望んでいた。

やがて芝居小屋のときと同じように拍子木が打ち鳴らされ、即席の幕が引かれ、いよいよ芝居が始まった。

『我はそら吉……』と、空良に扮した菊之丞こと菊七が、妖艶かつ小気味の良い見得を切る。見得の途中で菊之丞が壮絶な流し目を高虎に送り、『旦那さま……』と、初演ではなかった即興の台詞《せりふ》を言い、酒を飲もうとしていた高虎がむせて零すなど、芝居は序盤から盛り上がりを見せた。

「そら吉の者、凄まじく美しいのう。あれは女形か?」

舞台を眺めながら、次郎丸がヒソヒソ声で菊七の美しさを褒めている。

「男役でござる。しかし化粧をすると、ああも映えるものですな。別人のようだ」

次郎丸の声を受け、魁傑が唖然《あぜん》とした声を出した。普段の菊七とはかけ離れた姿に、度肝を抜かれているようだ。

「空良は化粧などしなくても、あれの十倍美しいが」

酒を零しておいて、高虎がそんなことを言っている。

「ほら、旦那さま役の方も出てきましたよ」

高虎役の役者も、菊之丞に負けず劣らずの美丈夫振りだ。

「うむ、俺は皆の者にとってあのように映るのか。なかなかだの」

「ご本人さまのほうが、数倍凛々《りり》しいと思います」

「空良……」

「兄上、空良殿、お静かに」

次郎丸に窘《たしな》められ、二人で肩を竦めて芝居を観る。

そのうちそら吉と高虎の濡れ場に近い場面などがあり、空良は赤面して顔を覆い、高虎は複雑な表情をしながら身を乗り出し、魁傑は次郎丸の目を覆い、自身は舞台を凝視していた。

「以前はあのような場面はなかったと思うのですが……」

「そうか。今日のために特別の演出を施したのかな。迫真の演技じゃ」

「これ、魁傑、前が見えぬぞ。手を退けろ」

「いやしばらく、ここはまだ次郎丸様にはお早いかと」

芝居の成り行きを追っていくうちに、問題の敵を欺くための劇中芝居の場面が始まった。

魁傑役の役者が本領を発揮し、例のからくり人形のようなギクシャクとした動きを披露し、爆笑が起こった。初演の頃よりも芸に磨きがかかっており、右腕と右足を同時に出して歩いたり、発作を起こしたような動きをしながら棒読みの台詞を吐いたりなど、その芸達者振りを遺憾なく発揮した。

次郎丸は腹を抱えて笑い転げ、魁傑は、役者のあまりにも誇張された芸に、「む、あのような……」「そこまでは」と、独り言の言い訳をしていたが、終《しま》いには自身も涙を流して笑っていた。

そこから大立ち回りの場面へと移り、更には水攻めに突入する。緊迫感溢れる役者たちの演技に、実際のことを知っている者は目を輝かせて見入り、知らない者は息を呑んで行く末を見守り、怒濤《どとう》の展開のうちに勝利の終幕へと流れていった。

芝居が終わったあとは、小屋での上演と同じように、やんやの拍手が鳴り響く。

「なんと素晴らしい芝居じゃ」

次郎丸が、手が赤くなるほど拍手を送っていた。高虎と魁傑は満足そうに頷いており、阪木などは感激して涙ぐんでいる。

空良も二度目の観劇を大いに楽しんだ。

思い起こせば、初めて芝居小屋を訪れたときは、勝手がよく分からず、緊張しながら観ていたので、細かい場面までよく覚えていなかったのだ。それに、あの頃は様々な問題で心に屈託を抱えていたこともあり、没頭できなかったのかもしれない。

しかし今日はそんなことはなく、夢中になって物語を追っていた。

以前も漠然と面白かったという感想を持ったものだが、今日改めて観てみれば、役者たちの迫真の演技に、手に汗を握ったり、皆と一緒になって笑い声を上げたりと、夢のような時間を過ごせたのだった。

芝居がはけて、役者陣が座敷に下りてきた。ここからは役者たちを交えての宴会が始まる。

そら吉の扮装のままの菊七が、高虎の隣にやってきた。菊七は、普段空良たちと接しているのとはまるで違い、舞台を下りても菊之丞のまま、恭しい仕草で高虎から酌を受けている。

「菊七。いや、菊之丞か。吉田の合戦のときに馬回り番をした者だったな。……しかし、よくもまあこれだけ化けるものだ。あっぱれじゃ」

高虎は菊七の変貌振りに目を丸くし、芝居についても見事だったと褒めていた。そして身を潜めるようにして菊七の耳元へ口を寄せた。

内緒事をするような仕草に、何を話すのかと空良も身を寄せる。

「日向埼の隠し倉の件、ご苦労だった。まことに役に立った」

高虎はそう言って、菊七にあとで褒美を取らせると言い、再び酌をした。

高虎の言葉を聞き、なんだ、内緒事はそれだったのかと空良が笑っていると、菊七が空良のほうを見て、いきなりプ、と噴き出すので、どうしたのかと菊七を見上げた。

菊七は尚も楽しそうに笑い、「そら吉は悋気が強い」と言うので、意味が分からずに首を傾げる。それを見た菊七がまた笑うのでますます分からない。

「自分で分かってないのがまた笑える」

「なんのことでしょう」

「俺が旦那さんに近づいたら、悋気を働いて睨んできた」

「そんなことはしていません」

「なに、空良、そうなのか？」

高虎が嬉しそうに空良を見るので「いいえ、していません」と、強く言った。

「俺と旦那さんの話に聞き耳を立てたくせに」

「違いますよ。それに、ご城主さまに『旦那さん』は無礼ですよ」

「ほら、また悋気を働いた。怖い怖い」

そんなつもりはないのに、菊七にからかわれ、耳が熱くなった。その上高虎が空良の顔を覗いてきて、「心配するな」と、嬉しそうに言うので、ますます熱くなり、耳がちぎれそうになる。

座敷の向こうでは、次郎丸が魁傑役の役者を呼び、感想を述べている。

「あっぱれな役者振りだった。特にあの間抜けな場面では笑い転げたぞ。しかし、顔つきが本人よりも端整すぎるのう」

「どういう意味でございますか」

「だからもっと本人に寄せるのなら、そのような端整な顔では駄目だと言うておる」

「駄目ではありませぬ。役者なのですから」

「駄目じゃ！　そうだの、こう、眉をもそっと濃く描いたらどうじゃ。こう、このようにズオッと極太に」

「顔半分が眉の者などこの世におりませぬぞ」

「ここにおるだろうが」

本物の役者を前に、恒例の御伽衆が繰り広げられる。

宴がたけなわとなっていく中、菊之丞が扇を片手に舞を踊った。

孫次より献上された舟盛りが運び込まれ、役者たちに振る舞われる。

鳴り物が入り、次郎丸の命令で、魁傑がギクシャクとした動きで幸若舞《こうわかまい》を披露した。そこへ魁傑役の役者が加わり、大いに盛り上がった。

菊之丞に誘われた高虎が、最後に舞台に上がる。

朗々とした語り口と共に舞を披露する高虎に、家臣ばかりではなく役者までもが、その荘厳な姿に息を呑み、見惚《みと》れていた。

宴は夜が更けるまで続き、城内は穏やかな空気に包まれていた。

人々の熱気と、僅かばかりの酒を嗜《たしな》み、火照った身体を冷ますため、空良はそっと広間を抜け出した。

渡り廊下を歩いていると、夜気が入り込んでいた。遠くから笑い声が聞こえてくる。

「空良」

冷たい風に当たっていると、高虎が空良を追って外へ出てきた。菊七に酌をされ、かなりの量を飲んでいるはずだが、相変わらず顔色も変えずに笑っている。

「冷えるぞ」

そう言って高虎が、空良の肩を抱いてきた。

「暑くなってしまったので、夜風が丁度良いです」

風で冷えた身体に、高虎の温《ぬく》もりが伝わってきて、空良は目を閉じて夫の胸に凭れた。

「よい催し物だった。次郎丸がたいそう喜んでいた」

機嫌の好い高虎の声に、空良も微笑みながら頷いた。

「わたしも、前に一人で観たときよりも楽しかったです」

「そうか」

「菊七さま、美しかったでしょう?」

舞台での菊之丞の堂々とした演技を思い出し、高虎に同意を求めた。

「本人よりもずっと勇猛果敢なので、少し恥ずかしかったですが」

「なんの、本人のほうが勇猛果敢ではないか」

笑いながらの声に、「まさか」と否定をするが、高虎は「そうなのだ」と、言って聞かない。

「俺の嫁様は、三国一勇敢で、その上美しく、優しいのだ」

いつものように嫁様賛美が始まって、空良は苦笑いを浮かべた。

「褒めすぎですよ」

「褒めすぎではない。足りないくらいだ」

分かっておるくせに、と高虎が空良を抱き寄せながら囁く。

「だから悋気など働かせる必要はないのだぞ？」

「あれは、……違いますから」

先ほどの菊七のからかいを持ち出し、高虎までからかってくるので、空良は顔を上げて高虎を睨んだ。

空良に睨まれた高虎が、嬉しそうな顔をして、「分かっているだろう」と、もう一度言った。

どれほど空良を好きなのか。どれほどに大切に思っているのか。

だから心を乱すことなどないと、高虎の瞳が語っている。

夫の無言の告白に、空良も無言で微笑み返し、返事の代わりに身を寄り添わせた。

「いい夜だ」

空良を抱き寄せながら、夫が空を仰ぐ。

廊下の格子の隙間《すきま》から、月が覗いていた。

明るく照らされる夜の空に、海風が運んできた雪が、ちらほらと舞っている。

「明日も穏やかに晴れそうですね」

高虎と共に月を見上げながら、明日の天気を予想した。

櫓に立てる旗の色は白。

明日も今日と変わりのない平穏な日々が始まるだろうと、月夜に舞う雪の花を、二人で眺めていた。

雪にて候

――次郎丸《じろうまる》様方に於かれましてはご健勝のことと存じ上げ候。こちらも息災にて候……。

冒頭の文章を書いたまま、魁傑《かいけつ》は半刻ほども文机の前に座していた。

「文《ふみ》……文か。んんんんん……、さて、何を書けばよいのか」

隼瀬浦《はやせうら》を去る際に次郎丸と約束をしたのだが、これがなかなかの難物である。

間者の役割を果たしている山賊の仲間とのやり取りはしょっちゅうしているので、文字を書くことが殊更苦手というわけではない。簡潔かつ、他者に気取られないよう難解な書状を工夫することもできるし、そちらに関しては筆まめなほうでさえある。

しかし、相手が次郎丸となると、途端に難しくなるのだ。

適当なことを書いて送ればすぐにも駄目を出す書状が返ってくる。「なんぞこの文は」「もっと気の利いたことを書いてよこせ」などと、文字の上で叱られてしまうのだ。駄目をもらわないように簡潔にすれば素っ気ないと罵られ、ならばと冗長にすれば無駄に長いと罵倒される。

「息災の一文では駄目なのか。だいたい、高虎《たかとら》殿がお父上様に宛てた書状でこちらの様子は分かるだろうが。何ゆえ拙者がこのようなことで頭を悩まさなければならないのだ」

高虎も空良《そら》も魁傑よりも筆まめで、それはもう月のうちに何度もやり取りをしている。空良などは、義父時貞《ときさだ》や次郎丸ばかりではなく、阪木《さかき》や他の城の者たち、時には城下の民からまでもらうこともある。そのたびに丁寧に返信を書き、そしてまたその返信がくるなど、文を書くだけで時間を取られるだろうにと心配になるほどだ。

そういう折には魁傑も次郎丸からの文を渡される。自分が書くのは億劫でも、もらえば嬉しいのだから質が悪いと自身でも思う。

次郎丸からもらう文には、特に事件などもなく、毎日のことが綴られていた。今年の夏は暑かったが、空良が提案した溜池が役に立ってよかったとか、そろそろ山が色づきそうだとか、幸之助《こうのすけ》と滝を見に行ったとか、ふくが来たとか、そのようなことがつらつらと書いてあった。そして最後には、そちらはどうだと伺う文字で締められる。

魁傑たちが隼瀬浦にいた頃と変わらない毎日を送っているらしい。そんな様子を文字の上でも聞かされれば、安堵するものだ。

あの別れの日、涙で頬を濡らしたまま顔をクシャクシャにして、それでも気丈に振る舞う姿が脳裏に浮かぶ。そうか、元気なのか、よかったと、胸を撫でおろすのだ。

だから自分も同じように書こうと思うのだが、どうにも上手くいかないのはどういうわけか。毎回こうして文机に向かい、それこそ気の利いた文言を一文も書けずにうんうん唸る羽目に陥るのだ。

たった一行書いただけの文を睨みつけ、魁傑は溜息を吐いた。

「……まあ、夜にでもやるか」

今は何も文言が浮かばないし、嫌々書けばその心情まで向こうにばれそうだからと自分に言い訳をして、魁傑は筆を仕舞った。

空良と高虎は今、港へ行っているはずだ。孫次《まごじ》から大きな獲物が揚がったという報告を聞き、夫婦でいそいそと見物に出かけていった。

豊漁のときや、珍しい魚が揚がったときなど、孫次から連絡がきて、その都度二人は出向いていくのだ。孫次だけではなく、五郎左《ごろうざ》や彦太郎《ひこたろう》もほぼ毎日のように城へ上がってきては田畑や町の改革についての相談事を持ち込んでくる。

日向埼《ひゅうがさき》の新城主は、そんな彼らを気安く出迎え、また自分のほうからも訪ねていく。以前の敵対していた関係が嘘のように、密に連絡を取り合っているのだった。

おっとりしているような空良だが、実は好奇心旺盛で、先日は孫次に頼んで船にも乗せてもらい、そのときに海に落ちたらしく騒動にもなったが、本人はどこ吹く風で再び乗りたいと言っている。

新しい食材を見つけては、美味い料理法や加工法などを模索し、魚の種類に至っては、地元民と同じぐらいに詳しくなっている。目新しいものを見つければ、何処へでも気軽に出かけていき、高虎はそんな空良にニコニコして付き合っている。相変わらず仲睦まじい夫婦ぶりだ。

「素振りでもするかな」

城主が留守の今は、急ぎの用事もない。

暦の上では冬に突入したはずだが、ここは隼瀬浦とは違い、まるで春のような暖かさだ。それでも元から住む家臣によれば、今日は冷えるということだ。雪も滅多に降らないと聞いた。あちらの冬の厳しさを思えば極楽のような気候に身体まで緩みそうだと、魁傑は大きく伸びをして、それから庭に下りた。

魁傑は、城主の住む本丸にほど近い城内に住んでいる。隼瀬浦では高虎の屋敷に直臣として一緒に寝起きをしていたが、今は一棟屋敷を与えられていた。表向きは魁傑一人のために用意された屋敷だが、毎晩交代で護衛が泊まることになっている。他にも日向埼で新しく雇用した者を教育するために、預かったりもしている。

木刀を持って庭に立つと、佐竹《さたけ》という魁傑の部下に当たる陪臣《ばいしん》がやってきた。剣の相手をしてほしいと、自分も木刀を持ち、構えてくる。佐竹は数ヶ月前にやってきた新参の者だ。以前仕えていた国がお取り潰しとなり、日向埼へ流れてきたのを拾ったのだ。まだ年若いが、その分素直で何に対しても骨身を惜しまないのが気に入っている。

佐竹の懇願を聞き、魁傑は木刀を構えた。隙はまだあるが、ひたむきな瞳が頼もしい。唇を真一文字に結び、上目遣いにこちらを睨んでくる。つるりとした肌と、幼さを残すふくよかな頬が、誰かを思い出させる。

「やあっ」

甲高い声を上げ切り込んでくるのを左にいなすと、すぐさま振り返り、佐竹が態勢を立て直した。肩に力が入りすぎているのを指摘し、もう一度正面からの攻撃を待った。

未だ成長途中の佐竹の背は魁傑の顎ほどだ。次郎丸はそれよりももう頭一つ分は低かったと思い出す。もっと小さい頃は、飛び掛かってくる小さな頭を腕で押さえこんで上から叩いたものだ。卑怯なりと叫んで涙目で睨まれるのが快感だった。会わなくなって半年。少しは大きくなっただろうかと考える。

兄の高虎があの身長だ。あと数年もすれば、自分と同じくらいの目の高さになるだろうか。佐竹の剣の相手をしながら、成長した次郎丸の姿をそこに重ねてみる。背丈の想像はついても、思い浮かぶ顔が幼子のままなので、なんとなくしっくりこず、魁傑は首を傾げた。

「未だ肩に力が入っているでしょうか」

魁傑の仕草に、佐竹が聞いた。

「ああ、いや。うむ。まだ少し硬いな。何処からの攻撃にも対応できるよう気を抜かずにいながら、更に力を抜け」

魁傑の助言に、佐竹は「はい！」と小気味よい返事をし、再び挑んでくるのだった。

剣の稽古に勤しんでいると、城内が騒がしくなった。城主のお帰りかと、魁傑は佐竹を伴って迎えに出た。

家臣たちの「おお」という感嘆の声と、高虎の笑い声が聞こえてくる。人だかりになっている場所へ駆けつけると、その中心に夫婦の姿があった。孫次もおり、大きな木箱を続々と若衆に運ばせている。一箱を四人がかりで運んでいるが、かなり重そうだ。

魁傑の姿を見つけた空良が、満面の笑みで手招きをした。側へ寄り、促されるまま木箱を除き込み、魁傑は思わず声を上げた。

「これはまた立派な……」

木箱の中には丸々と太ったカツオが五本も横たわっていた。青色の線を走らせた銀色の胴体は、それぞれが一抱えほどもある。

「孫次さんが、こちらで捌いてくださるそうで、運んでいただいたのです。お城の皆さんに振る舞われるようにと」

空良の声に、城の者たちが再び「おお！」と歓喜の声を上げた。

御台所《みだいどころ》へ運ばれていく木箱を見送る。向こうのほうでも人々の驚きの声が聞こえてきた。

高虎と空良が顔を見合わせ笑っている。

「それにしても、物凄い量ですな」

「群れに当たったそうです。あれを竿一本で釣るのだそうですよ」

孫次に教わったのか、空良がカツオを釣る様を真似て腕を振り、「わたしもやってみたい」と言い、高虎を困惑させている。

「あのような大物を釣ろうとすれば、また海に落ちるのではないか？　おまえが魚の餌になってしまう」

「まさか。大丈夫ですよ。孫次さんたちがついていますし」

夫の心配を、空良が笑い飛ばし、「やりたい」とねだり、高虎を困らせていた。そして最後には、要望を聞き入れてもらい、満面の笑みで夫に礼を言うのだ。

「ああ、そうだ。魚拓を取るのだった」

思い出したと空良が叫び、御台所へ走っていく。「次郎丸様とお約束した」という言葉に、魁傑も空良を追って一緒に走った。

「次郎丸様とお約束されていたのですか？　魚拓を送れと？」

「そうなのです。前に文を送ったときに、海で獲れたお魚の姿を描いたのですが、あまり上手く描けなくて。そうしたら、孫次さんが魚拓というものがあることを教えてくださいました」

今度大きな魚が揚がったら魚拓を取って送ると約束したのだという。

「あれほどの大きさの魚を写すような紙がござらんが」

「ああ、そうですね……」

二人で頭を悩ませ、それならば布に写そうという話になり、魁傑はその準備に奔走した。

白の麻布と大量の墨を持って御台所へ走ると、空良がすでに腕まくりをして待っていた。

数人がかりでカツオに墨を塗り、麻布の上に押し付ける。見事な魚拓が出来上がった。

「これは次郎丸様がお喜びになる」

布に写された大きな魚の判を眺め、次郎丸が手を打って笑う姿が浮かんだ。

「これを見たら、食べたいとご所望されるのではないですかな。美味いものには目がないお方ですから」

「そうですね。日持ちができないのが残念です。いつか次郎丸さまがこちらへいらしたときに、折よく手に入ったらいいのですが」

「そうですなあ」

どうしても食べさせろと駄々をこねる姿が目に浮かび、苦笑する。

空良だけに任さず、自分もこの地の名物の魚についてもっと知識を得たほうがいいなどと考えた。次郎丸がいつこの地へやってくるのか、或いは数年先になるかもしれないが、旬のものをご用意して差し上げたい。

そうだ。次には自分も孫次に頼んで船に乗せてもらおうか。自分で釣った魚を魚拓にし、そのときの釣りの様子などを文に書いたら、次郎丸もよもや駄目は出さないだろう。

一つ計画ができて、魁偉の顔には知らず笑みが浮かんでいた。このカツオのように、大物が獲れたらなんと言うだろう。嘘だと言われたら、なんと言って反撃しようか。

そんなことを思いながら、次々捌かれていくカツオを眺め、ほくそ笑んだ。

やがて運び込まれたカツオがすべて捌かれ、皿の上に盛りつけられた。待ちきれない家臣たちが御台所に集まっている。

空良と高虎、魁傑たちでそれらを振る舞って歩く。酒も運ばれ、孫次たちもご相伴《しょうばん》に預かり、御台所がそのまま宴会場になっていた。

「お、空良、雪だ」

空良と並んでカツオを頬張っていた高虎が、城内に舞い込んできた雪の一片を見つけ、声を上げた。

皆で一斉に上を見上げる。ひらひらと、頼りなげな雪が舞い込んでくる。

それを見た孫次が「これは雪花《せっか》」だと言った。

「内地に降っているのではないですな。今日は冷えますが、まだ雪が降るほどではありませんから」

暖かい日向埼では、雪はもっと遅くになるという。今舞い込んできた雪は、海に降ったものが風で運ばれてきたものだと孫次が説明した。

「そうか。初雪かと思ったが、ここの冬はまだまだ先なのだな」

降りてきた雪の欠片《かけら》を掌《てのひら》に載せ、高虎が言った。

「隼瀬浦はもう初雪はとっくに降りましたね、きっと」

「ああ、そうでしょうな」

高虎と空良、そして魁傑で三人同時に上を見上げた。御台所の天井を見透かし、まだ来ぬ初雪の気配を待つ。

屋敷に戻ったら、このことを文にしたためようと思いながら、魁傑は、儚げに舞う雪の花を目で追った。

次郎丸が避寒のために日向埼へやってくるとの便りが届いたのは、魁傑がようやく書き上げた文が、隼瀬浦に届いた頃のことだった。

あとがき

こんにちは、野原滋です。このたびは「そらの誉れは旦那さま」をお手に取っていただき、ありがとうございます。

空良と高虎のお話も三作目になりました。吃驚です！　今作もたくさんの読者さまに楽しんでもらえるよう、張り切って書きました。いかがでしたでしょうか。

第三弾となる本作は、前作から割とすぐのお話になります。今回は夫婦の環境に大きな変化がありました。空良の初陣、そして高虎が城持ちに。新しい土地で、新しい生活が始まります。そして新たなキャラも登場しました。

今回キーパーソンとなる新キャラ菊七は、とってもお気に入りのキャラです。彼の背景はてんこ盛りなのですが、そこを詳しく書くと本編の三分の一ほども使ってしまいそうなので、我慢しました（笑）。暗い過去を持つ絶世の美男で旅回りの役者。ひねくれ者だけど根は素直とか、最高じゃないですか！　魁傑にだけ懐いているというのも私的萌えポイントです。

高虎や隼瀬浦の人々との出会いで幸せを摑んだ空良ですが、彼との出会いでまた一歩、成長することができました。与えられた幸せをただただ有難がり、犠牲を以て返すことばかりを考えていた空良が、自分の立場というものを考えるようになりました。今までは、高虎が空良の場所まで下りてきて、目線を合わせているような関係だったのを、空良のほうから夫の隣に並ぼうと、努力できるようなお話にしたいなと思いました。最初からラブラブの二人でしたが、より強い絆で結ばれたのではないかと思います。

空良の成長に伴い、高虎の人間的な部分も透けてみえるように書きました。この辺りも皆さんに楽しんでいただけたら嬉しいです。

三作目になりました空良と高虎の物語には、今回もサマミヤアカザ先生にお付き合いいただきました。素敵なイラストをいつもありがとうございます。

担当さまにも毎度お世話になっております。色々とグダグダな時期もあったのですが、根気よくお付き合いくださり、感謝です。

最後に、ここまでお付き合いくださった読者さまにも厚く御礼申し上げます。夫婦の成長と、困難を乗り越えて周りに受け入れられていく二人を、これからも応援してもらえたら嬉しいです。次にも是非！　新しい夫婦の物語にお付き合いいただけるよう、心から願います。

野原滋

✦初出　そらの誉れは旦那さま……………書き下ろし
雪にて候………………………………書き下ろし

野原滋先生、サマミヤアカザ先生へのお便り、本作品に関するご意見、ご感想などは
〒151-0051 東京都渋谷区千駄ヶ谷 4-9-7
幻冬舎コミックス　ルチル文庫「そらの誉れは旦那さま」係まで。

幻冬舎ルチル文庫

そらの誉れは旦那さま

2020年9月20日　　第1刷発行

✦著者　野原 滋　のはら しげる

✦発行人　石原正康

✦発行元　株式会社 幻冬舎コミックス
〒151-0051 東京都渋谷区千駄ヶ谷 4-9-7
電話 03(5411)6431［編集］

✦発売元　株式会社 幻冬舎
〒151-0051 東京都渋谷区千駄ヶ谷 4-9-7
電話 03(5411)6222［営業］
振替 00120-8-767643

✦印刷・製本所　中央精版印刷株式会社

✦検印廃止

ISBN978-4-344-84735-4　C0193　Printed in Japan